Los Hermanos Corsos

Por

Alexandre Dumas

Copyright del texto © 2023 Culturea ediciones
Sitio web : http://culturea.fr
Impresión: BOD - Books on Demand
(Norderstedt, Alemania)
Correo electrónico : infos@culturea.fr
ISBN :9791041811472
Depósito legal : abril 2023

I

A comienzos de marzo del año 1841, viajé a Córcega.

Nada hay tan pintoresco ni tan cómodo como viajar a Córcega: se embarca uno en Toulon y en veinte horas se planta en Ajaccio, o, en veinticuatro, en Bastia.

Allí se puede uno comprar o alquilar un caballo. Si se alquila, cuesta cinco francos al día; si se compra, ciento cincuenta francos. Y que nadie se ría de lo módico del precio; ese caballo, ya sea alquilado o comprado, hace, como el famoso caballo del gascón que saltaba del Pont Neuf al Sena, cosas que no harían ni Prospero ni Nautilus, aquellos héroes de las carreras de Chantilly y del Champ de Mars.

Se pasa por caminos donde el propio Balmat hubiera utilizado crampones, y por puentes donde Auriol hubiera pedido un balancín.

Por su parte, el viajero no tiene más que cerrar los ojos y dejar que el caballo haga su trabajo: a este le trae sin cuidado el peligro.

Añadamos que con ese caballo que pasa por todas partes, se pueden recorrer quince leguas diarias sin que pida ni de beber ni de comer.

De cuando en cuando, mientras el viajero se detiene para visitar un viejo castillo construido por algún gran señor, héroe y jefe de una tradición feudal, o para dibujar una vieja torre levantada por los genoveses, el caballo pela una mata de hierba, monda un árbol o lame una roca cubierta de musgo, y ahí queda la cosa.

En cuanto al alojamiento de cada noche, todavía resulta más sencillo: el viajero llega a un pueblo, cruza la calle principal, elige la casa que le conviene y llama a la puerta. Transcurrido un instante, el señor, o la señora, de la casa aparece en el umbral, invita al viajero a apearse, le ofrece la mitad de su cena, su cama entera si tan solo dispone de una, y, al día siguiente, lo acompaña hasta la puerta y le da las gracias por haberle hecho el honor de elegirle.

Huelga decir que por nada del mundo se habla de retribución alguna: el amo de la casa consideraría un insulto que se hiciese la menor mención de ello. Si en la casa sirve una muchacha, se le puede regalar algún pañuelo, con el que se apañará un pintoresco tocado cuando vaya a la fiesta de Calvi o de Corte. Si el criado es varón, aceptará gustoso alguna navaja, con la que podrá matar a su enemigo, si se topa con él.

Conviene además averiguar si los criados de la casa —y eso sucede alguna vez— son parientes del amo, menos favorecidos por la fortuna, que se encargan de tareas domésticas a cambio de las cuales consienten en aceptar manutención, alojamiento, y una o dos piastras al mes.

Y no crea el lector que los amos a quienes sirven sus sobrinos o sus primos, en decimoquinto o vigésimo grado, reciben peor servicio por ello. No, nada de eso. Córcega es un departamento francés; pero Córcega dista mucho de ser Francia.

De los ladrones no se oye hablar; de los bandidos en demasía, sí; pero no han de confundirse unos con otros.

Viajen sin temor a Ajaccio, o a Bastia, con una bolsa llena de oro colgada del arzón de su silla, y atravesarán toda la isla sin haber corrido el más mínimo peligro; pero no vayan de Ocana a Zevaco si tienen un enemigo que les haya declarado la vendetta, pues yo no respondería de ustedes durante ese trayecto de dos leguas.

Así pues, me hallaba en Córcega, como he dicho, a comienzos de marzo. Estaba solo, pues Jadin se había quedado en Roma.

Venía de la isla de Elba; había desembarcado en Bastia, donde compré un caballo al precio ya mencionado.

Visité Corte y Ajaccio, y estaba recorriendo la provincia de Sartène.

Aquel día, me dirigía de Sartène a Sollacaro.

La etapa era corta; una decena de leguas tal vez, debido a los rodeos, y a un contrafuerte de la cadena principal que forma la espina dorsal de la isla, y que era menester atravesar, por lo cual había tomado un guía, temiendo perderme en el monte.

A eso de las cinco, llegamos a la cima de una colina desde donde se domina tanto Olmito como Sollacaro.

Nos detuvimos allí un instante.

—¿Dónde desea alojarse su señoría? —preguntó el guía.

Me detuve a contemplar el pueblo, cuyas calles distinguía perfectamente, y que parecía casi desierto. Apenas se veían unas pocas mujeres, que además caminaban con premura y mirando en derredor.

Como, en virtud de las reglas de hospitalidad allí arraigadas que ya he mencionado, podía elegir entre las cien o ciento veinte casas que componen el pueblo, busqué con los ojos la vivienda que se me antojara más confortable, y me detuve en una casa cuadrada, construida a modo de fortaleza, con matacanes delante de las ventanas y encima de la puerta.

Era la primera vez que veía ese tipo de fortificaciones domésticas, si bien cabe aclarar que la provincia de Sartène es la tierra clásica de la vendetta.

—¡Ah! —dijo el guía siguiendo con los ojos la indicación de mi mano—, esa es la casa de la señora Savilia de Franchi. Vaya, su señoría ha sabido elegir, se nota que no le falta experiencia.

No olvidemos señalar que, en ese octogésimo sexto departamento de Francia, se habla habitualmente el italiano.

Pero ¿no hay inconveniente —inquirí— en que solicite hospitalidad a una mujer? Porque, si no he entendido mal, esa casa pertenece a una mujer.

—En efecto —replicó sorprendido—; pero ¿qué inconveniente ve su señoría en ello?

—Si esa mujer es joven —repuse, movido por un sentimiento de decoro, o quizá, digámoslo claro, por pundonor parisino—, ¿no puede comprometerla el que yo pase una noche bajo su techo?

—¿Comprometerla? —repitió el guía, buscando a todas luces el sentido de esa palabra, que yo había italianizado, con el habitual desparpajo que nos caracteriza a los franceses, cuando nos aventuramos a hablar una lengua extranjera.

—Pues sí —repliqué comenzando a impacientarme—. Esa señora será viuda, ¿no?

—Sí, excelencia.

—¿Y recibirá en su casa a un joven?

En 1841, yo tenía treinta y seis años y medio, pero seguía proclamándome joven.

—¿Si recibirá a un joven? —repitió el guía—. ¿Pues qué puede importarle que sea usted joven o viejo?

Advertí que, de seguir ese camino, no sacaría nada en limpio.

—¿Y qué edad tiene la señora Savilia? —pregunté.

—Unos cuarenta años.

—¡Ah! —exclamé, sin dejar de contestar a mis propios pensamientos—. Entonces, perfecto. Y sin duda tendrá hijos.

—Dos hijos, dos templados mozos.

—¿Los veré?

—Verá a uno, el que vive con ella.

—¿Y el otro?

—El otro vive en París.

—¿Y qué edad tienen?

—Veintiún años.

—¿Los dos?

—Sí, son gemelos.

—¿Y a qué piensan dedicarse?

—El que está en París será abogado.

—¿Y el otro?

—El otro será corso.

—Ah, vaya —exclamé, pensando que la respuesta era bastante característica, por más que fuera pronunciada con el tono más natural—. Pues sí, me inclino por la casa de la señora Savilia de Franchi.

Y reemprendimos la marcha.

Diez minutos después entramos en el pueblo.

Entonces advertí una cosa que no había podido ver desde lo alto de la montaña. Cada casa estaba fortificada como la de la señora Savilia; no con matacanes, pues la pobreza de sus propietarios no les permitía sin duda el lujo que ello representaba, sino pura y simplemente con maderos, con los que habían adornado las partes interiores de las ventanas, si bien practicando aberturas para introducir los fusiles. Otras ventanas estaban fortificadas con ladrillos rojos.

Pregunté a mi guía cómo llamaban a esas troneras; me contestó que eran archères, respuesta que me hizo comprender que las vendettas corsas eran anteriores a la invención de las armas de fuego.

Según avanzábamos por las calles el pueblo cobraba un carácter más pronunciado de soledad y de tristeza.

Varias casas habían sufrido sitios y estaban acribilladas de balazos.

De vez en cuando, veíamos brillar a través de las troneras unos ojos curiosos que nos miraban pasar; pero era imposible distinguir si esos ojos pertenecían a un hombre o a una mujer.

Llegamos a la casa que yo había señalado a mi guía, y que efectivamente era la más grande del pueblo.

Solo que me sorprendió una cosa, y era que, fortificada en apariencia con los matacanes que yo había observado, no lo estaba en realidad, es decir que las ventanas no tenían ni maderos, ni ladrillos, ni archères, sino simples cristales, protegidos, por las noches, con postigos de madera.

Cierto que esos postigos conservaban señales que un ojo experimentado no podía sino identificar con balazos. Pero esos agujeros eran antiguos, y se remontaban visiblemente a unos diez años atrás.

No bien llamó mi guía a la puerta, esta se abrió. No tímidamente, vacilante o entornada, sino de par en par, y apareció un lacayo…

Cuando digo un lacayo, me equivoco, hubiera debido decir un hombre.

Lo que hace al lacayo es la librea, y el individuo que nos abrió vestía sencillamente una chaqueta de pana, un calzón de la misma tela y polainas de cuero. El calzón se ajustaba al talle con un cinturón de seda abigarrada, de donde asomaba el mango de un puñal de forma española.

—Amigo —le dije—, ¿sería indiscreto que un extranjero, que no conoce a nadie en Sollacaro, acuda a pedir hospitalidad a su señora?

—Desde luego que no, excelencia —contestó—; el extranjero honra a la casa ante la que se detiene. Maria —agregó volviéndose hacia una criada que asomaba tras él—, avise a la señora Savilia de que ha llegado un viajero francés que pide hospitalidad.

Al mismo tiempo, descendió por una escalera de ocho escalones, empinados como los peldaños de una escala, que conducía a la puerta de entrada, y tomó la brida de mi caballo.

Me apeé.

—Pierda cuidado su excelencia —dijo— que encontrará su equipaje en su habitación.

Aproveché esa gentil invitación a la pereza, una de las más gratas que puede brindarse a un viajero.

II

Subí ágilmente la mencionada escalera y di unos pasos por el interior.

A la vuelta del pasillo me encontré ante una mujer de alta estatura, vestida de negro.

Comprendí que esa mujer, de entre treinta y ocho y cuarenta años, todavía guapa, era la señora de la casa, y me detuve ante ella.

—Señora —le dije inclinándome—, le pareceré muy indiscreto; solo alegaré que me excusa la costumbre del país y me avala la autorización de su servidor.

—La madre le da la bienvenida —contestó la señora de Franchi—, y en breve se la dará el hijo. A partir de este momento, caballero, la casa le pertenece; por tanto, disponga de ella como si fuese la suya.

—Vengo a pedirle hospitalidad solo por una noche, señora. Me marcharé mañana al rayar el alba.

—Es usted libre de hacer lo que guste, caballero. Pero espero que cambie de opinión, y que tengamos el honor de disfrutar durante más tiempo de su presencia.

Me incliné de nuevo.

—Maria —ordenó la señora de Franchi—, acompañe al señor a la habitación de Louis. Encienda la chimenea ahora mismo y lleve agua caliente. Perdón —prosiguió volviéndose hacia mí, mientras la criada se disponía a seguir sus instrucciones—, sé que lo primero que necesita el viajero cansado es agua y fuego. Tenga la bondad de seguir a esta muchacha, y pídale cuanto necesite: cenaremos dentro de una hora, y mi hijo, que habrá regresado entretanto, tendrá el honor de mandar que le avisen cuando esté usted listo.

—¿Sabrá disculpar mi atuendo de viaje?

—No faltaba más —contestó la señora de Franchi sonriendo—, pero siempre que usted disculpe la rusticidad de la recepción.

La criada se internó en la escalera.

Me incliné una vez más, y la seguí.

La habitación se hallaba situada en la primera planta y daba a la parte de atrás; las ventanas se abrían sobre un bonito jardín lleno de mirtos y de adelfas, atravesado en diagonal por un delicioso arroyo que desembocaba en el Taravo.

Al fondo obstruía la vista una suerte de seto de abetos tan apretados que parecían una pared. Como es frecuente en casi todas las habitaciones de las casas italianas, las paredes estaban encaladas y adornadas con frescos que representaban paisajes.

Comprendí de inmediato que me habían dado esa habitación, que era la del hijo ausente, porque era la más confortable de la casa.

Entonces me entraron deseos, mientras Maria encendía el fuego y preparaba el agua caliente, de hacer un inventario de mi habitación y de formarme una idea a través del mobiliario del carácter de quien la habitaba.

De inmediato pasé del proyecto a la realización, girando sobre el talón izquierdo y ejecutando un movimiento de rotación sobre mí mismo que me permitió pasar revista unos tras otros a los diferentes objetos que me rodeaban.

El mobiliario era totalmente moderno, lo cual, en esa parte de la isla adonde todavía no ha llegado la civilización, no deja de ser una muestra de lujo bastante insólita. Se componía de una cama de hierro, provista de tres colchones y una almohada, de un diván, cuatro butacas, seis sillas, un doble cuerpo de biblioteca y un escritorio; todo ello de madera de caoba y proveniente a todas luces de la tienda del principal ebanista de Ajaccio.

El diván, las butacas y las sillas estaban cubiertos de indiana floreada, y unas cortinas de la misma tela colgaban ante las dos ventanas y envolvían la cama.

Me hallaba en ese punto de mi inventario, cuando Maria salió y me permitió proseguir con mis investigaciones.

Abrí la librería y encontré una colección de todos nuestros grandes poetas:

Corneille, Racine, Molière, La Fontaine, Ronsard, Victor Hugo y Lamartine.

De nuestros moralistas:

Montaigne, Pascal, La Bruyère.

De nuestros historiadores:

Mézeray, Chateaubriand, Augustin Thierry.

De nuestros sabios:

Cuvier, Beudant, Élie de Beaumont.

Por último algunos volúmenes de novelas, entre los que descubrí con cierto orgullo mis Impresiones de Viaje.

Las llaves estaban en los cajones del escritorio; abrí uno.

Encontré fragmentos de una historia de Córcega, un trabajo sobre los procedimientos para eliminar la vendetta, unos versos franceses y unos versos italianos, todo ello manuscrito.

Era más que suficiente, y concluí que ya no necesitaba proseguir mis investigaciones para formarme una opinión sobre Louis de Franchi.

Debía de ser un hombre apacible, estudioso y partidario de las reformas francesas.

Comprendí que se hubiera marchado a París para hacerse abogado.

A buen seguro imaginaba todo un futuro de civilización relacionado con ese proyecto.

Cavilé sobre ello mientras me vestía.

Mi atuendo, como le había dicho a la señora de Franchi, con ser bastante original, requería cierta indulgencia.

Se componía de una chaqueta de pana negra, abierta en las costuras de las mangas, al objeto de ventilarme en las horas sofocantes del día, y que, por una suerte de cuchilladas a la española, dejaba asomar una camisa de seda a rayas; de un pantalón igual, cubierto desde la rodilla hasta la parte inferior de la pierna por unas polainas españolas abiertas por los lados y bordadas con seda de colores, y de un sombrero de fieltro adaptable a cuantas formas se le quisiera dar, pero especialmente la del sombrero andaluz.

Acababa de embutirme en esa especie de traje, que recomiendo a los viajeros como uno de los más cómodos que conozco, cuando se abrió mi puerta, y el mismo hombre que me había hecho pasar apareció en el umbral.

Venía a anunciarme que su joven señor, Lucien de Franchi, acababa de llegar, y me solicitaba el honor, siempre que pudiera recibirle, de entrar a darme la bienvenida.

Contesté que estaba a las órdenes de Lucien de Franchi, y el honrado era yo.

Al poco oí unos pasos rápidos, y casi enseguida me encontré frente a mi anfitrión.

III

Era, como me había dicho mi guía, un joven de entre veinte y veintiún años, de cabello y ojos negros, tez curtida por el sol, más bien bajo que alto, pero admirablemente proporcionado.

En su prisa por presentarme sus respetos, había subido tal como había venido, es decir con su traje de jinete, que se componía de una levita de paño verde, a la que una cartuchera ceñida a la cintura confería cierto viso militar, un pantalón de paño gris, cubierto interiormente con cuero de Rusia, y botas con espuelas; una gorra similar a la de nuestros cazadores de África completaba su atuendo.

A cada lado de su cartuchera pendían, de un lado una cantimplora, y del otro una pistola.

Además, sostenía una carabina inglesa.

Pese a la juventud de mi anfitrión, cuyo labio superior apenas aparecía sombreado por un ligero bigote, flotaba en toda su persona un aire de independencia y de resolución que me sorprendió.

Se adivinaba a un hombre educado para la lucha material, habituado a vivir en medio del peligro sin temerlo, pero también sin despreciarlo: serio por ser una persona solitaria, sereno por ser fuerte. Con una sola mirada lo abarcó todo, mi neceser, mis armas, el traje que acababa de quitarme y el que llevaba puesto.

Su mirada era rápida y segura como la de todo hombre cuya vida depende en ocasiones de una mirada.

—Disculpe que le moleste —me dijo—, pero lo he hecho con buena intención, solo quería saber si dispone de cuanto necesita. Siempre me asalta cierta inquietud cuando veo llegar a un hombre del continente; los corsos seguimos siendo tan salvajes que, sobre todo con los franceses, siempre ejercemos temblando esa vieja hospitalidad que, por lo demás, no tardará en ser la única tradición que nos quede de nuestros ancestros.

—Hace usted mal preocupándose —contesté—; es difícil anticiparse a las necesidades de un viajero tan exquisitamente como lo ha hecho la señora de Franchi; además —agregué echando a mi vez una mirada en torno a la habitación—, desde luego no será aquí donde me queje de ese supuesto salvajismo al que se refiere usted pecando un poco de modestia, y, si no viera desde mis ventanas este admirable paisaje, podría creerme en una habitación de la Chaussée-d'Antin.

—Sí —contestó el joven—, era una manía de mi pobre hermano Louis: le gustaba vivir a la francesa; pero dudo que al salir de París, esa pobre parodia de la civilización que abandonará le baste como le bastaba antes de dejar esto.

—¿Hace tiempo que se marchó su hermano? —pregunté a mi joven interlocutor.

—Diez meses.

—¿Lo esperan pronto?

—¡Oh!, no antes de tres o cuatro años.

—Una ausencia muy larga para dos hermanos que, sin duda, no se habían separado nunca.

—Sí, sobre todo queriéndose como nos queríamos.

—Pero quizá venga antes de acabar sus estudios.

—Probablemente, al menos eso es lo que nos prometió.

—En cualquier caso, nada impediría que fuera usted a hacerle una visita.

—No… yo no abandono Córcega.

En el tono de su respuesta subyacía ese amor a la patria que contempla el resto del universo con un mismo desdén.

Sonreí.

—Le parece a usted extraño —añadió sonriendo a su vez— que no quiera uno abandonar un miserable país como el nuestro. ¡Qué quiere!, soy una especie de producto de la isla, como la encina y la adelfa; necesito mi atmósfera impregnada de los perfumes del mar y de los efluvios de la montaña; necesito atravesar mis torrentes, trepar a mis rocas, explorar mis bosques; necesito espacio, necesito libertad; si me llevaran a una ciudad, creo que me moriría.

—Pero ¿cómo puede existir semejante diferencia temperamental entre usted y su hermano?

—Con tan enorme parecido físico, añadiría usted si lo conociera.

—¿Se parecen mucho?

—Tanto que, de niños, mis padres se veían obligados a colocar una señal en nuestra ropa para reconocernos.

—¿Y al crecer?

—Al crecer, nuestros hábitos provocaron una ligera diferencia de piel, nada más. Mi hermano, siempre encerrado, siempre inclinado sobre sus libros y sus dibujos, se ha vuelto más pálido, mientras que yo, siempre al aire libre, siempre andando por la montaña o el llano, me he oscurecido.

—Espero que me permitirá juzgar esa diferencia encomendándome los encargos que desee para su hermano.

Desde luego, y con mucho gusto, si es usted tan amable. Pero, perdón, ahora me doy cuenta de que me lleva usted ventaja y está ya casi listo, y dentro de un cuarto de hora nos sentaremos a la mesa.

—¿Por mí se va a molestar en cambiarse?

—Aunque así fuera, tendría que reprochárselo a sí mismo, porque me ha dado usted el ejemplo; pero, en cualquier caso, voy vestido de jinete, y tengo que vestirme de montañés. Después de cenar, tengo que hacer un recado, y me molestarían mis botas con espuelas.

—¿Sale usted después de cenar?

—Sí, una cita…

Sonreí.

—No, no en el sentido que le da usted; es una cita de negocios.

—¿Me cree usted tan presuntuoso como para pensar que puedo permitirme recibir sus confidencias?

—¿Por qué no? Debemos vivir de modo que podamos decir en voz alta todo lo que hacemos. Nunca he tenido una amante, ni la tendré. Si mi hermano se casa y tiene hijos, es probable que yo ni siquiera me case. Si, por el contrario, no toma esposa, me veré obligado a tomarla yo; pero lo haría para que no se extinguiera el apellido. Ya le he dicho que soy un auténtico salvaje —agregó riendo—; he venido al mundo con cien años de retraso. Pero sigo hablando como una cotorra, y a este paso no estaré listo para la cena.

—Pero podemos proseguir la conversación. ¿Su habitación no es la de enfrente? Deje la puerta abierta y charlaremos.

—Mejor hagamos otra cosa, acompáñeme; me vestiré en mi cuarto de baño. Entretanto, como me da la impresión de que es aficionado a las armas, puede mirar las mías; algunas tienen cierto valor, histórico por supuesto.

IV

El ofrecimiento se avenía demasiado bien con mi deseo de comparar las habitaciones de los dos hermanos como para que no lo aceptase. Así pues, me apresuré a seguir a mi anfitrión, que, abriendo la puerta de sus aposentos, pasó delante de mí para mostrarme el camino.

En este caso, me pareció entrar en un auténtico arsenal.

Todos los muebles eran de los siglos XV y XVI. La cama esculpida, con un baldaquino sostenido por grandes columnas salomónicas, estaba revestida de damasco verde con flores doradas; las cortinas de las ventanas eran de la misma tela; las paredes estaban recubiertas con cuero de España, y, en los espacios vacíos, había muebles cargados de trofeos de armas góticos y modernos.

No cabía duda posible acerca de las inclinaciones de quien habitaba aquella habitación: eran tan belicosas como apacibles las de su hermano.

—Observe usted —me dijo pasando a su cuarto de baño—: de repente se encuentra usted inmerso en tres siglos. Como ya le he dicho, voy a vestirme de montañés; tengo que salir nada más cenar.

—Y entre estas espadas, arcabuces y puñales, ¿cuáles son las armas históricas a las que se refería?

—Hay tres; procedamos por orden. Busque en la cabecera de mi cama un puñal aislado de taza ancha y pomo en forma de sello.

—Ya estoy ahí. ¿Y bien?

—Es la daga de Sampiero.

—¿Del famoso Sampiero, el que asesinó a Vanina?

—No la asesinó, la mató.

—Yo diría que es lo mismo.

—En el resto del mundo tal vez, en Córcega no.

—¿Y este puñal es auténtico?

—¡Obsérvelo! Lleva las armas de Sampiero, solo que todavía no aparece la flor de lis; ya sabe que a Sampiero no se le autorizó a estampar la flor de lis en su escudo hasta después del sitio de Perpiñán.

—No, ignoraba esa circunstancia. ¿Y cómo pasó ese puñal a su poder?

—Pertenece a la familia desde hace trescientos años. Se lo regaló a un Napoleone de Franchi el propio Sampiero.

—¿Y sabe usted en qué ocasión?

—Sí. Sampiero y mi antepasado cayeron en una emboscada de los genoveses y se defendieron como leones; a Sampiero se le despegó el casco, y en el momento en que un genovés iba a golpearlo con su maza, mi antepasado le clavó su puñal en un resquicio de la coraza; el jinete, al sentirse herido, espoleó el caballo y huyó llevándose el puñal de Napoleone, tan profundamente hundido en la herida, que este no pudo arrancárselo; y, como al parecer, mi antepasado le tenía apego a ese puñal, y lamentaba haberlo perdido, Sampiero le regaló el suyo. Napoleone no salió perdiendo, pues este es de fabricación española, como puede ver, y lleva atravesadas dos monedas de cinco francos superpuestas.

—¿Puedo intentarlo?

—Claro.

Deposité dos monedas de cinco francos en el parqué y asesté un golpe vigoroso y seco.

Lucien no me había engañado.

Cuando levanté el puñal, las dos monedas estaban clavadas en la punta, atravesadas de parte a parte.

—Vaya, vaya —dije—, no cabe duda de que es el puñal de Sampiero. Lo único que me extraña es que, poseyendo semejante arma, utilizara una cuerda para matar a su mujer.

—Ya no la poseía, puesto que se la había regalado a mi antepasado.

—Es cierto.

—Sampiero tenía más de sesenta años cuando regresó expresamente de Constantinopla a Aix para dar esa gran lección al mundo, que las mujeres no deben involucrarse en los asuntos de Estado.

Me incline en señal de adhesión y dejé el puñal en su sitio.

—Bueno —dije a Lucien, que seguía vistiéndose—, ya está el puñal de Sampiero en su clavo, pasemos a otro.

—¿Ve usted dos retratos colgados uno al lado del otro?

—Sí, Paoli y Napoleón.

—Pues junto al retrato de Paoli hay una espada.

—Efectivamente.

—Es la suya.

—¡La espada de Paoli! ¿Es tan auténtica como el puñal de Sampiero?

—Desde luego, y en este caso le fue regalada no a un antepasado mío, sino a una antepasada.

—¿A una antepasada suya?

Sí. Tal vez haya oído hablar de aquella mujer que, durante la guerra de independencia, se presentó en la torre de Sollacaro, acompañada de un joven.

—No, cuénteme esa historia.

—Bueno, es corta.

—Es igual.

—No disponemos de mucho tiempo para charlar.

—Le escucho.

—Bien, pues aquella mujer y aquel joven se presentaron en la torre de Sollacaro, solicitando hablar con Paoli. Pero, como Paoli andaba ocupado escribiendo, no les permitieron entrar, y, como la mujer insistía, los dos centinelas la apartaron. Pero Paoli, que había oído barullo, abrió la puerta, y preguntó quién lo había causado.

»—He sido yo —dijo la mujer—, porque quería hablar contigo.

»—¿Y qué venías a decirme?

»—Venía a decirte que tenía dos hijos. Ayer me enteré de que el primero había muerto en defensa de la patria, y he recorrido veinte leguas para traerte al segundo».

—Me está usted contando una escena espartana.

—Desde luego que lo parece.

—¿Y quién era esa mujer?

—Era mi antepasada. Paoli desenvainó la espada y se la entregó.

—Vaya, me gusta esa manera de disculparse con una mujer.

—Es digna de ambos, ¿no le parece?

—Bueno, ¿y este sable?

—Es el que llevaba Bonaparte en la batalla de las Pirámides.

—Y probablemente pasó a pertenecer a su familia de la misma manera que el puñal y la espada.

—Así es. Después de la batalla, Bonaparte ordenó a mi abuelo, oficial del regimiento de guías, que cargase, con una cincuentena de hombres, sobre un grupo de mamelucos que resistían en torno a un jefe herido. Mi abuelo obedeció, dispersó a los mamelucos y entregó al jefe al primer cónsul. Pero cuando quiso envainar el sable, la hoja estaba tan destrozada por el acero adamascado de los mamelucos que resultaba imposible envainarlo. Entonces mi abuelo arrojó lejos de sí el sable y la vaina, ya inútiles; al verlo, Bonaparte le entregó el suyo.

—Pues yo —dije—, en su lugar, preferiría conservar el sable de mi abuelo, por muy destrozado que hubiera quedado, que no el del general en jefe, por intacto que se mantenga.

—Ya, pero mire ahí enfrente y lo encontrará. El primer cónsul lo recogió, mandó incrustar en el puño el diamante que puede usted ver, y se lo envió a mi familia, con la inscripción que aparece en la hoja.

Efectivamente, entre las dos ventanas, medio salido de la vaina donde no podía entrar, colgaba el sable mellado y torcido, con esta sencilla inscripción:

Batalla de las Pirámides, 21 de julio de 1798.

En ese momento, el mismo lacayo que me había hecho pasar, y que había venido a anunciarme la llegada de su joven señor, reapareció en el umbral.

—Excelencia —dijo dirigiéndose a Lucien—, la señora de Franchi me manda decirle que está servida la cena.

—Muy bien, Griffo —contestó el joven—, dígale a mi madre que ahora mismo bajamos.

Salió del cuarto de baño, vestido, como decía, de montañés, es decir con una chaqueta redonda de pana, calzones y polainas; de su otro traje, solo había conservado la cartuchera ceñida al cinto.

Me encontró ocupado examinando dos carabinas colgadas una frente a otra, y con esta fecha grabada en la culata:

21 de septiembre de 1819, once de la mañana.

—¿También estas carabinas son armas históricas? —inquirí.

—Sí, al menos para nosotros. Una es la de mi padre.

Se interrumpió.

—¿Y la otra? —pregunté.

—Y la otra —dijo riendo—, es la de mi madre. Pero, bajemos, ya sabe que nos esperan.

Y, adelantándose para señalarme el camino, me indicó que lo siguiera.

V

Confieso que bajé inquieto por la última frase de Lucien: «Esta es la carabina de mi madre».

Eso me indujo a mirar, con mayor atención de lo que lo había hecho al verla por primera vez, a la señora de Franchi.

Su hijo, al entrar en el comedor, le besó respetuosamente la mano, y ella recibió esa muestra de respeto con la dignidad de una reina.

—Disculpe, madre —dijo Lucien—, creo que la he hecho esperar.

—En todo caso, es culpa mía, señora —dije inclinándome—; su hijo me enseñado cosas tan curiosas que, como le he formulado un sinfín de preguntas, lo he hecho retrasarse.

—No se preocupe —me dijo—, acabo de bajar; pero —añadió dirigiéndose a su hijo—, tenía ganas de verte para preguntarte cómo está Louis.

—¿Se halla indispuesto su hijo? —pregunté a la señora de Franchi.

—Eso teme Lucien.

—¿Ha recibido alguna carta de su hermano? —pregunté.

—No —contestó Lucien—, y eso es lo que más intranquilo me tiene.

—Pero ¿cómo sabe que está indispuesto?

—Porque estos últimos días lo he estado yo también.

—Disculpe tanta pregunta, pero no veo la relación…

—¿No sabe que somos gemelos?

—Sí, me lo ha dicho mi guía.

—¿Y no sabe que cuando vinimos al mundo seguíamos unidos por un costado?

—No, ignoraba esa circunstancia.

—Pues tuvieron que separarnos con un escalpelo; y eso hace que, aunque en este momento nos hallemos lejos el uno del otro, seguimos formando un mismo cuerpo, de modo que cualquier impresión, ya sea física o moral, que experimente uno de nosotros repercute en el otro. Pues bien, estos días, sin motivo alguno, he estado triste, taciturno, sombrío. He sentido dolorosas desazones: no cabe duda de que mi hermano está sufriendo alguna profunda pena.

Miré sorprendido a ese joven que me aseguraba una cosa tan extraña sin parecer albergar la menor duda; su madre, por lo demás, parecía abrigar la misma convicción.

La señora de Franchi sonrió tristemente y dijo:

—Los ausentes están en la mano de Dios. Lo principal es que estés seguro de que esté vivo.

—Si estuviera muerto —dijo tranquilamente Lucien—, lo hubiera vuelto a ver.

—Y me lo hubieras dicho, ¿verdad, hijo mío?

—¡Claro! En el mismo instante; se lo juro, madre.

—Bien… disculpe usted —añadió, volviéndose hacia mí—, que no haya podido reprimir mis inquietudes maternales: es que Louis y Lucien no solo son hijos míos, sino los últimos que ostentan nuestro apellido. Tenga la bondad de sentarse a mi derecha… Lucien, tú ponte aquí.

Y señaló al joven el asiento vacante a su izquierda.

Nos sentamos en el extremo de una larga mesa, en cuya punta opuesta estaban puestos seis cubiertos más, destinados a lo que se denomina en Córcega la familia, es decir para esos personajes que en las casas ilustres ocupan el espacio intermedio entre los señores y los criados.

La mesa estaba copiosamente servida.

Pero confieso que, aunque invadido en aquel momento por un hambre devoradora, me limité a saciarla materialmente, sin que mi mente desasosegada me permitiera saborear ninguno de los delicados goces de la gastronomía. En efecto, me daba la impresión de que, al entrar en aquella casa, había penetrado en un mundo extraño, donde vivía como en un sueño.

¿Qué mujer era esa, que poseía su propia carabina como un soldado?

¿Qué hermano era ese que sufría los mismos dolores que su hermano, que se hallaba a trescientas leguas de él?

¿Qué madre era esa que hacía jurar a su hijo que, si veía a su otro hijo muerto, se lo dijese?

Fuerza era reconocer que, en todo cuanto me sucedía, había abundante materia para la ensoñación.

No obstante, como percibí que el silencio que guardaba resultaba descortés, alcé la frente como para ahuyentar todos esos pensamientos.

Madre e hijo se percataron en el mismo instante de que yo quería seguir conversando.

—¿O sea —dijo Lucien, como si reentablara una conversación interrumpida— que se ha decidido a venir a Córcega?

—Sí, como ve; hace tiempo que acariciaba ese proyecto, y al final he podido realizarlo.

—Pues le aseguro que ha hecho bien en no posponerlo, porque, dentro de unos años, con la sucesiva irrupción de los gustos y las costumbres francesas, quienes vengan aquí a buscar Córcega ya no la encontrarán.

—En cualquier caso —repliqué—, si el genuino espíritu nacional retrocede ante la civilización y se refugia en algún rincón de la isla, será sin lugar a dudas en la provincia de Sartène y en el valle de Taravo.

—¿Usted cree? —me dijo sonriendo el joven.

—Yo creo que lo que veo a mi alrededor, aquí mismo, y ante mis ojos, es un hermoso y noble retrato de las antiguas costumbres corsas.

—Sí, y no obstante, entre mi madre y yo, frente a cuatrocientos años de recuerdos, en esta misma casa con almenas y matacanes, el espíritu francés ha venido a buscar a mi hermano, nos lo ha arrebatado y se lo ha llevado a París, de donde nos volverá convertido en abogado. Vivirá en Ajaccio en vez de vivir en la casa de sus ancestros; pleiteará; si posee talento, tal vez lo nombren fiscal del Tribunal Supremo; si es así, perseguirá a los pobres diablos que se han ventilado a alguien, como se dice por aquí; confundirá a quien asesina con quien mata, como le ha sucedido a usted mismo hace un rato; pedirá, en nombre de la ley, la cabeza de quienes hayan hecho lo que sus antepasado tenían por un deshonor no hacer; sustituirá el juicio de los hombres por el juicio de Dios, y, por las noches, cuando le haya enviado una cabeza al verdugo, creerá haber servido al país, haber aportado su piedra al templo de la civilización… como dice nuestro prefecto… ¡Ay, Dios mío!

Y el joven alzó los ojos al cielo como debió de hacer Aníbal después de la batalla de Zama.

—Pero ya ve usted que Dios ha querido equilibrar las cosas, pues, al tiempo que ha convertido a su hermano en adepto a los nuevos principios, le ha convertido a usted en partidario de los viejos hábitos.

—Ya; pero ¿quién me dice a mí que mi hijo no seguirá el ejemplo de su tío en vez de seguir el mío? ¡Pero si yo mismo estoy haciendo cosas indignas de un de Franchi!

—¿Usted? —exclamé sorprendido.

—Pues sí, Dios mío, sí. ¿Quiere que le diga qué ha venido usted a hacer a la provincia de Sartène?

—Dígame.

—Ha venido guiado por su curiosidad de hombre de mundo, de artista o de poeta: no sé qué es usted, ni se lo pregunto; nos lo dirá cuando se marche, si lo desea; si no, guardará silencio, es usted totalmente libre de hacer lo que guste… Pues bien, ha venido movido por el deseo de ver algún pueblo donde reine la vendetta, de ser presentado a algún bandido pintoresco, como los que describe el señor Mérimée en Colomba.

—Y me da la impresión de que tal vez he dado con el lugar adecuado —contesté—; o he mirado mal, o la casa de ustedes es la única en el pueblo que no está fortificada.

—Lo que demuestra que yo también estoy degenerando: mi padre, mi abuelo, cualquiera de mis antepasados, habría tomado partido por una u otra de las dos facciones que tienen dividido al pueblo desde hace diez años. En cambio, ¿sabe usted qué papel desempeño yo en todo esto, en medio de los escopetazos, de las puñaladas, de los navajazos? Ejerzo de árbitro. Ha venido usted a la provincia de Sartène para ver bandidos, ¿no es así? Pues venga conmigo esta noche, que le enseñaré uno.

—¡Cómo! ¿Me permite que le acompañe?

—Claro, ¿por qué no, si eso le divierte?

—Desde luego que acepto, y con mucho gusto.

—Este señor está muy cansado —dijo la señora de Franchi lanzando una mirada a su hijo, como si compartiera la vergüenza que a este le producía contemplar la degeneración de Córcega.

—No, madre, no, al contrario, tiene que venir, y, cuando en algún salón parisino, hablen ante él de las terribles vendettas y de los implacable bandidos corsos que todavía asustan a los niños de Bastia y de Ajaccio, al menos, podrá encogerse de hombros y contar la verdad.

—¿Pero cuál ha sido la causa de esa gran discordia que, a juzgar por lo que me dice usted, está a punto de apagarse?

—Bueno —dijo Lucien—, en una discordia no importa la causa, sino el efecto. El que una simple mosca, al volar atravesada, provoque la muerte de un hombre, no quita para que haya un hombre muerto.

Vi que dudaba en revelarme la causa de aquella terrible guerra que, desde hacía diez años, asolaba el pueblo de Sollacaro.

Pero, como comprenderá el lector, cuanto más discreto se mostraba, más exigente me mostraba yo.

—Sin embargo —dije—, esa discordia habrá tenido un motivo. ¿Ese motivo es secreto?

—Por supuesto que no. El conflicto estalló entre los Orlandi y los Colona.

—¿Debido a qué?

—Pues a que una gallina se escapó del corral de los Orlandi y voló al de los Colona.

»Los Orlandi reclamaron la gallina; los Colona mantuvieron que era suya; los Orlandi amenazaron a los Colona con llevarlos ante el juez y hacerles prestar juramento.

»Entonces, la anciana madre, que sostenía la gallina, le retorció el cuello y se la arrojó a la cara a su vecina espetándole estas palabras:

»—Pues si es tuya, cómetela.

»Tras lo cual un Orlandi recogió la gallina por las patas, y quiso golpear con ella a quien se la había arrojado a la cara a su hermana. Pero, en el momento en que alzaba la mano, un Colona, que, por desgracia llevaba consigo la escopeta cargada, le descerrajó un tiro a quemarropa y lo mató».

—¿Y cuántas vidas se ha cobrado esa riña?

—Han muerto nueve personas.

—Y todo por una miserable gallina que valía cuatro perras.

—Así es; pero, como le decía antes, no importa la causa sino el efecto.

—¿Y porque hayan muerto nueve personas, ha de morir otra?

—Bien ve usted que no —replicó Lucien—, pues para ello me he erigido yo en árbitro.

—¿Quizá a petición de una de las dos familias?

—No, ni mucho menos: de mi hermano, a quien el ministerio de Justicia pidió que interviniese. Me pregunto yo quién diablos les manda a los de París inmiscuirse en lo que pueda suceder en un miserable pueblo de Córcega. La faena nos la hizo el prefecto, quien escribió a París diciendo que, si yo me prestaba a intervenir, todo esto acabaría como un vodevil, con boda y un cuplé para el público; de modo que se dirigieron a mi hermano, quien cogió la ocasión por los pelos, y me escribió diciendo que había dado su palabra por mí. ¡Qué quiere usted! —exclamó el joven alzando la cabeza—, no podían decir allá que un de Franchi había empeñado la palabra de su hermano y que su hermano no había cumplido su compromiso.

—¿De modo que ha zanjado usted el asunto?

—¡Eso me temo!

—Y supongo que esta noche vamos a ver al jefe de una de las dos partes.

—Exactamente; anoche fui a ver al otro.

—¿Y vamos a visitar a un Orlandi o a un Colona?

—A un Orlandi.

—¿Está lejos el lugar donde han concertado la cita?

—En las ruinas del castillo de Vicentello d'Istria.

—¡Ah, es cierto!… Me han dicho que esas ruinas se hallaban por los alrededores.

—Más o menos a una legua.

—¿De modo que estaremos allí en unos tres cuartos de hora?

—Como mucho.

—Lucien —dijo la señora de Franchi—, cuidado, porque estás hablando por ti. Tú eres montañés, y recorres esa distancia en tres cuartos de hora; pero este señor no pasará por los caminos por donde pasas tú.

—Es cierto; necesitaremos por lo menos una hora y media.

—Pues no hay tiempo que perder —dijo la señora de Franchi echando una mirada a la péndola.

—Madre —dijo Lucien—, ¿nos permite que la abandonemos?

La señora de Franchi le alargó la mano, que el joven besó con el mismo respeto que al llegar.

—Ahora bien —dijo Lucien—, si prefiere acabar tranquilamente de cenar, subir a su habitación, y calentarse los pies mientras se fuma el puro…

—¡No, no, de ningún modo! —exclamé—. ¡Qué diablos!, me ha prometido usted un bandido, y necesito conocerlo.

—Bien, pues vamos a coger nuestras escopetas, y en marcha.

Saludé respetuosamente a la señora de Franchi, y salimos precedidos por Griffo, que nos alumbraba.

Tardamos poco en estar listos.

Yo me ceñí un cinturón de viaje que había mandado confeccionar antes de salir de París, del que pendía una suerte de cuchillo de caza, y que contenía en un lado la pólvora, y en el otro el plomo.

Lucien, por su parte, reapareció con su cartuchera, una escopeta de dos cargas de Manton, y un gorro puntiagudo, obra maestra de bordado proveniente de las manos de alguna Penélope de Sollacaro.

—¿Acompaño a su excelencia? —preguntó Griffo.

—No, no es necesario —contestó Lucien—; pero suelta a Diamante; a lo mejor nos levanta algún faisán, y, con este claro de luna, podríamos disparar como en pleno día.

Un instante después, un esbelto podenco brincaba aullando de alegría a nuestro alrededor.

Caminamos diez pasos fuera de la casa.

Por cierto —dijo Lucien volviéndose—, avisa en el pueblo de que, si se oyen disparos en el monte, habrán sido nuestros.

—Descuide, excelencia.

—De no tomar esta precaución, la gente podría creer que se han reiniciado las hostilidades, y oiríamos sonar el eco de nuestros disparos en las calles de Sollacaro.

Dimos unos pasos más y doblamos a nuestra derecha por una calleja que conducía directamente al monte.

VI

Pese a hallarnos apenas en los primeros días de marzo, el tiempo era magnífico, y hubiera podido decirse que era cálido, de no ser por una deliciosa brisa que, al tiempo que nos refrescaba, nos traía el áspero y vivo perfume del mar.

Asomaba la luna, clara y brillante, tras el monte de Cagna, y se hubiera dicho que derramaba cascadas de luz sobre toda la vertiente occidental que separa Córcega en dos partes, y transforma, en cierto modo, una sola isla en dos países distintos siempre en guerra, o al menos que se odian entre sí.

Según subíamos y las gargantas por donde discurre el Taravo se sumergían en una noche en cuya negrura intentaba en vano penetrar la vista, veíamos desplegarse en el horizonte el Mediterráneo, apacible y semejante a un vasto espejo de umbroso acero.

Sonaban ciertos ruidos peculiares de la noche, ya porque desaparecen durante el día velados por otros ruidos, ya porque despiertan realmente con las tinieblas, y producían, no a Lucien, quien, ya habituado a oírlos, podía reconocerlos, sino a mí, ajeno a ellos, singulares sensaciones de sorpresa, sensaciones que mantenían en mi mente esa emoción continua que transmite un poderoso interés a cuanto se ve.

Al llegar a una suerte de pequeña bifurcación donde la carretera se dividía en dos, es decir en un camino que parecía rodear la montaña y un sendero apenas visible que se adentraba derecho en ella, Lucien se detuvo.

—Vamos a ver —me dijo—, ¿tiene usted piernas de montañés?

—Piernas sí, pero ojos no.

—¿O sea que padece de vértigo?

—Sí, el vacío me atrae irresistiblemente.

—Entonces podemos tomar este sendero, donde no encontraremos precipicios, sino solo accidentes de terreno.

—Ah, bueno, a mí los accidentes de terreno me traen sin cuidado.

Tomemos ese sendero, nos ahorraremos tres cuartos de hora de marcha.

Lucien se internó el primero en un pequeño encinar por donde le seguí.

Diamante caminaba, a cincuenta o sesenta pasos de nosotros, batiendo el bosque a derecha e izquierda, y, de cuando en cuando, regresando por el sendero, moviendo el rabo para anunciarnos que podíamos, sin peligro y confiando en su instinto, proseguir tranquilamente el camino.

Se echaba de ver que, al igual que los caballos de doble uso de esos petimetres de medio pelo, agentes de cambio por las mañanas y personajillos por las noches, que quieren a la vez un animal de silla y de cabriolé, Diamante estaba adiestrado para cazar al bípedo y al cuadrúpedo, al bandido y al jabalí.

Para no parecer totalmente ajeno a las costumbres corsas, hice partícipe de mi observación a Lucien.

—Se equivoca —dijo—; Diamante caza en efecto a hombres y animales, pero no caza bandidos, sino la triple raza de gendarmes, voltigeurs y voluntarios.

—Ah, ¿entonces Diamante es un perro de bandido?

—Como dice usted, Diamante pertenecía a un Orlandi, a quien a veces yo enviaba, cuando estaba escondido en el campo, pan, pólvora, balas, vaya, las distintas cosas que necesita un bandido. Lo mató un Colona, y al día siguiente se presentó su perro, que estaba acostumbrado a venir a casa y enseguida se encariñó conmigo.

—Pues me da la impresión —dije— de que, desde mi cuarto, o mejor dicho desde el de su hermano, vi otro perro que no era Diamante.

—Sí, ese es Brusco; posee las mismas cualidades que este; solo que me llegó de un Colona que murió a manos de un Orlandi; por ello, cuando visito a un Colona, me llevo a Brusco, y cuando, por el contrario, tengo que ir a ver a un Orlandi, desato a Diamante. Si tuviéramos la desgracia de soltar a los dos al mismo tiempo, se devorarían. Y es que —agregó Lucien esgrimiendo su amarga sonrisa— los hombres pueden reconciliarse, hacer las paces, comulgar con la misma hostia, pero los perros no comerán nunca en el mismo plato.

—Magnífico —exclamé yo sonriendo a mi vez—, habré conocido dos auténticos perros corsos; pero me da la impresión de que Diamante, como todas las almas modestas, elude nuestros elogios; desde que la conversación gira sobre él, ha escurrido el bulto.

—Ah, no se preocupe —dijo Lucien—. Ya sé dónde está.

—¿Y dónde?, si no es indiscreción.

—Está en el Mucchio.

Me disponía a aventurar otra pregunta a riesgo de cansar a mi interlocutor, cuando se oyó un aullido, tan triste, tan largo y tan lastimero, que me estremecí y me detuve tomando del brazo al joven.

—¿Qué es eso?

—Nada: es Diamante que llora.

—¿Y a quién llora?

—A su amo… ¿O cree usted que los perros son como los hombres, que olvidan a quienes los han amado?

—Ah, entiendo —dije.

Diamante soltó otro aullido, más largo, más triste y más lastimero que el anterior.

—Claro —añadí—, mataron a su dueño, me ha dicho usted, y estaremos acercándonos al lugar donde lo mataron.

—Exactamente, y Diamante nos ha dejado para ir al Mucchio.

—¿O sea que el Mucchio es la tumba?

—Sí, es el monumento donde cada persona que pasa arroja una piedra y una rama de árbol, que van amontonándose en la fosa de todo hombre perecido de muerte violenta. Ello origina que en vez de desmoronarse como las demás fosas bajo los pasos de ese gran nivelador que es el tiempo, la tumba de la víctima sigue creciendo, símbolo de la venganza que ha de sobrevivirle y acrecentarse sin cesar en el corazón de sus parientes más próximos.

Sonó otro aullido, pero, en esta ocasión, tan cerca de nosotros, que, aun conociendo la causa, no pude reprimir un escalofrío.

En efecto, a la vuelta de un sendero, vi blanquear, a unos veinte pasos de nosotros, un montón de piedras que formaba una pirámide de cuatro o cinco pies de alto. Era el Mucchio.

Diamante estaba sentado al pie del extraño monumento, con el cuello estirado y la boca abierta.

Lucien recogió una piedra y, quitándose el gorro, se acercó al Mucchio.

Yo lo seguí, calcando todos sus gestos.

Al llegar junto a la pirámide rompió una rama de encina, arrojando primero la rama y a continuación la piedra; a continuación se santiguó rápidamente con el dedo pulgar, costumbre genuinamente corsa, y que se le escapaba al propio Napoleón en ciertas circunstancias terribles.

Yo lo imité en cuanto hizo.

Diamante permaneció detrás.

Al cabo de unos diez minutos, oímos un último aullido, y casi de inmediato Diamante, cabeza y rabo gachos, pasó junto a nosotros, echó una carrera de un centenar de metros, y prosiguió su tarea de explorador.

VII

Seguíamos avanzando, y, según me había advertido Lucien, el terreno se volvía cada vez más escarpado.

Me coloqué el fusil en bandolera, consciente de que muy pronto iba a necesitar las dos manos. Mi guía, por su parte, seguía caminando con la misma soltura, sin parecer siquiera reparar en la dificultad del terreno.

Tras unos minutos de escalada a través de las rocas, con ayuda de lianas y raíces, llegamos a una suerte de plataforma dominada por algunas paredes en ruinas. Esas ruinas eran las del castillo de Vicentello d'Istria, meta de nuestro viaje.

Tras cinco minutos más de escalada, más ardua y más escarpada que la primera, Lucien, al llegar a la última terraza, me tendió la mano y tiró de mí.

—Bien, bien, se da usted bastante buena maña para ser parisino.

—Eso se debe a que el parisino al que acaba usted de ayudar a dar su última zancada ha hecho ya algunas excursiones similares.

—Es cierto —dijo Lucien entre risas—. ¿No tienen ustedes en París una montaña que se llama Montmartre?

—Sí, pero, aparte de Montmartre, de la que no reniego, he subido a otras montañas como el Righi, el Faulhorn, la Gemmi, el Vesubio, Stromboli, o el Etna.

—¡Vaya! Mira por dónde, ahora me despreciará usted por no haber subido nunca al Monte Rotondo. En cualquier caso ya hemos llegado. Cuatro siglos atrás, mis antepasados le habrían abierto la puerta, y hubieran dicho: «Bienvenido sea a nuestro castillo». Hoy, su descendiente le muestra esa brecha en la pared y le dice: «Bienvenido sea a nuestras ruinas».

—¿Este castillo perteneció a su familia desde la muerte de Vicentello d'Istria? —pregunté, reanudando la conversación donde la habíamos dejado.

—No; pero, antes de su nacimiento, era la mansión de la antepasada de todos nosotros, la famosa Savilia, viuda de Lucien de Franchi.

—¿No narra Filippini una terrible historia sobre esa mujer?

—Sí… Si fuese de día, todavía podría usted ver las ruinas del castillo de Valle; allí vivía el señor de Giudice. Tan odiado como amada era ella, tan feo como hermosa era ella. Se enamoró de Savilia, y, como esta no se apresuraba a responder a su amor según sus deseos, le mandó aviso de que, si no se decidía a aceptarlo como esposo en un breve plazo de tiempo, se las ingeniaría para raptarla a la fuerza. Savilia fingió ceder e invitó a Giudice a cenar con ella. Giudice, loco de contento y olvidando que había conseguido tan halagüeño resultado merced a una amenaza, acudió a la invitación acompañado tan solo por unos criados. Se cerró la puerta tras ellos, y, a los cinco minutos, Giudice era hecho prisionero y encerrado en un calabozo.

Pasé por el camino indicado, y me encontré en una especie de patio cuadrado.

A través de las grietas abiertas por el tiempo, la luna estampaba grandes charcos de luz en el suelo, salpicado de escombros. Todo el resto de terreno permanecía en la oscuridad proyectada por las paredes que se habían mantenido en pie.

Lucien sacó el reloj.

—Ah —dijo—, llegamos con veinte minutos de adelanto. Sentémonos; estará usted cansado.

Nos sentamos, o más bien nos tumbamos en una pendiente cubierta de hierba que quedaba enfrente de la brecha.

—Yo creo —dije— que esa no es toda la historia.

—No —prosiguió Lucien—. A partir de entonces, todas las mañanas y todas las noches, Savilia bajaba al calabozo contiguo a aquel en que estaba encerrado Giudice, y, allí, separada de él tan solo por una reja, se desvestía y se mostraba desnuda ante el cautivo.

«Giudice», le decía, «¿cómo un hombre tan feo como tú ha podido llegar a pensar que poseería todo esto?».

El suplicio duró tres meses, renovándose dos veces al día. Pero, al cabo de tres meses, gracias a una camarera a quien sedujo, Giudice logró huir. Al poco regresó con todos sus vasallos, mucho más numerosos que los de Savilia, tomó el castillo, y, apoderándose a su vez de Savilia, la expuso desnuda en una gran jaula de hierro, en un cruce de caminos del Bosque llamado Bocca di Celaccia, ofreciendo él mismo la llave de la jaula a cuantos tentaba su belleza al pasar. Savilia murió a los tres días de verse sometida a esa prostitución pública.

—Vaya, vaya —observé—, en mi opinión sus antepasados tenían un concepto muy claro de la venganza, y sus descendientes, matándose pura y simplemente de un escopetazo o de una puñalada, han decaído no poco.

—Sin contar que acabarán no matándose en absoluto. Pero, por lo menos, en mi familia eso no fue así. Los dos hijos de Savilia, que vivían en Ajaccio bajo la tutoría de su tío, recibieron una educación de auténticos corsos, y continuaron guerreando con los hijos de Giudice. Esa guerra duró cuatro siglos, y no acabó, como habrá podido ver en las carabinas de mi padre y de mi madre, hasta el 21 de septiembre de 1819, a las once de la mañana.

—En efecto, recuerdo la inscripción, pero no he tenido tiempo de pedirle que la explicase, pues acababa de leerla cuando hemos bajado a cenar.

—Es la siguiente: de la familia de los Giudice, no quedaban, en 1819, más que dos hermanos; de la familia de los Franchi, solamente quedaba mi padre, que se había casado con su prima. Tres meses después de esa boda, los Giudice decidieron acabar de una vez por todas con nosotros. Uno de los hermanos se emboscó en la carretera de Olmeto para esperar a mi padre, que regresaba de Sartène, mientras que el otro, aprovechando esa ausencia, debía asaltar nuestra casa. Todo se ejecutó según ese plan, pero resultó de modo muy distinto a como se lo esperaban los agresores. Mi padre, que estaba sobre aviso, se mantuvo en guardia; mi madre, a quien habían alertado, juntó a todos nuestros pastores, de modo que en el momento de ese doble ataque ambos se hallaban a la espera: mi padre en la montaña, mi madre en mi misma habitación. Al cabo de cinco minutos de combate, caían los dos hermanos Giudice, uno muerto por mi padre, el otro por mi madre. Viendo caer a su enemigo, mi padre sacó el reloj: ¡eran las once! Viendo caer a su adversario, mi madre se volvió hacia la péndola: ¡eran las once! Todo había terminado en el mismo minuto, no existían más Giudice, la estirpe había quedado destruida. La familia Franchi, victoriosa, conquistó la tranquilidad, y, como había desempeñado dignamente su misión durante esa guerra de cuatro siglos, no volvió a involucrarse en nada; con todo, mi padre mandó grabar la fecha y la hora de tan extraño suceso en la culata de cada una de las carabinas protagonistas, y las colgó a cada lado de la péndola, en el mismo sitio donde las ha visto usted. Siete meses después, mi madre alumbró a dos gemelos, uno de los cuales es su servidor, el corso Lucien, y el otro el filántropo Louis, su hermano.

En ese momento, en una de las zonas de terreno iluminadas por la luna, vi proyectarse la sombra de un hombre y la de un perro.

Era la sombra del bandido Orlandi y la de nuestro amigo Diamante.

Al mismo tiempo oímos sonar el reloj de Sollacaro que daba lentamente las nueve. Orlandi era, a lo que parecía, de la opinión de Luis XV, quien, como es sabido, tenía por máxima que la puntualidad es la cortesía de los reyes.

Era imposible ser más exacto de lo que lo era ese rey de la montaña, con quien Lucien había concertado una cita a las nueve en punto.

Al verlo, nos levantamos los dos.

VIII

—¿No está usted solo, Lucien? —dijo el bandido.

—No se preocupe, Orlandi; el señor es un amigo que ha oído hablar de usted y tenía empeño en conocerle. Me ha parecido que no debía negarle ese gusto.

—Bienvenido sea usted al campo, señor —dijo el bandido inclinándose y dando acto seguido unos pasos hacia nosotros.

Le devolví el saludo con la más estricta cortesía.

—Llevarán ya aquí un rato —preguntó Orlandi.

—Sí, veinte minutos.

—Eso es, porque he oído aullar a Diamante en el Mucchio, y hace ya un cuarto de hora que ha venido a buscarme. Es un animal bueno y fiel, ¿verdad, Lucien?

—Sí, esa es la palabra, Orlandi, bueno y fiel —replicó Lucien acariciando a Diamante.

—Pero, ¿si sabía usted que Lucien ya había llegado, ¿cómo es que no ha acudido antes? —pregunté.

—Porque no habíamos concertado la cita hasta las nueve —contestó el bandido—, y tan impuntual es llegar un cuarto de hora antes como un cuarto de hora después.

—¿Debo interpretarlo como un reproche, Orlandi? —preguntó Lucien riendo.

—No, señor; podía usted tener sus razones; además, va acompañado, y seguramente habrá cambiado sus hábitos por la presencia del señor; porque usted también es puntual, Lucien, que lo sé yo mejor que nadie; bastantes veces se ha molestado por mí causa, ¡a Dios gracias!

—No tienes por qué agradecérmelo, Orlandi; además puede que esta sea la última.

—Sobre eso tenemos que tener una charla, ¿no, Lucien? —inquirió el bandido.

—Sí, si quiere seguirme…

—A sus órdenes.

Lucien se volvió hacia mí.

—¿Querrá disculparme?

—¡No faltaba más! Vayan ustedes, por favor.

Ambos se alejaron, y, subiendo a la brecha por la que había aparecido Orlandi, se detuvieron allí, recortándose nítidamente a la luz de la luna, que parecía bañar con un fluido plateado los contornos de sus dos siluetas oscuras.

Solo entonces pude observar a Orlandi con atención.

Era un hombre de alta estatura, se dejaba toda la barba e iba vestido exactamente igual que el joven de Franchi, con la salvedad de que su ropa ostentaba la huella de un frecuente contacto con el monte en el que vivía, las zarzas a través de las cuales se había visto forzado a huir en más de una ocasión, y la tierra sobre la que dormía todas las noches.

No podía oír lo que decían, primero porque se hallaban a unos veinte pasos de mí, y segundo porque hablaban en dialecto corso.

Pero percibía fácilmente en los gestos de ambos, que el bandido refutaba con gran vehemencia una serie de razonamientos que el joven exponía con una calma que honraba la imparcialidad con que trataba aquel asunto.

Al final, los gestos de Orlandi se hicieron menos frecuentes y más enérgicos; su misma voz parecía languidecer; tras una última observación, agachó la cabeza y, transcurrido un instante, tendió la mano al joven.

Al parecer la conversación había concluido, pues ambos regresaron hacia mí.

—Mi querido huésped —me dijo el joven—, Orlandi desea estrecharle la mano para darle las gracias.

—Pero ¿por qué? —pregunté.

—Por aceptar ser uno de sus padrinos. He empeñado mi palabra por usted.

—Pues si ha empeñado su palabra por mí, desde luego que acepto incluso sin saber de qué se trata.

Tendí la mano al bandido, que me hizo el honor de tocarla con la punta de los dedos.

—Así —prosiguió Lucien—, podrá decirle a mi hermano que todo se ha zanjado según sus deseos, e incluso que ha firmado usted el contrato.

—¿Luego hay boda?

—No, todavía no, pero tal vez sí más adelante.

En los labios del bandido se dibujó una sonrisa de desdén.

—Paz sí —dijo—, ya que tanto empeño tiene usted, Lucien, pero alianza no: eso no figura en el pacto.

—No —dijo Lucien—, pero quedará escrito. Muy probablemente, en el futuro. Ahora cambiemos de tema. ¿No ha oído usted nada mientras yo conversaba con Orlandi?

—¿De lo que decían ustedes?

—No, de lo que decía un faisán no lejos de aquí.

—En efecto, me ha parecido oír cloquear; pero he pensado que me equivocaba.

—Pues no se equivocaba —dijo Orlandi—; hay un macho posado en el gran castaño que usted ya conoce, Lucien. Lo he oído antes al pasar.

—Bueno —dijo alegremente Lucien—, nos lo comeremos mañana.

—Lo hubiera abatido —dijo Orlandi—, pero me ha dado miedo que en el pueblo pensaran que disparaba sobre otra cosa.

—Están avisados —dijo Lucien—. Por cierto —dijo volviéndose hacia mí y echándose de nuevo al hombro la escopeta que acababa de montar—, le cedo a usted el honor.

—Espere. La verdad es que no estoy tan seguro de dar en el blanco; y no pienso renunciar a mi parte de su faisán. No, no, dispare usted.

—Quizá no está usted habituado a cazar por la noche, y puede que disparase demasiado bajo; además, como mañana no tiene nada que hacer, podrá desquitarse.

IX

Salimos de las ruinas por el lado opuesto a aquel por donde habíamos entrado. Lucien caminaba delante.

En el instante en que nos adentrábamos en el monte bajo, el faisán, denunciándose a sí mismo, comenzó de nuevo a cloquear.

Se hallaba a unos ochenta pasos de nosotros, oculto entre las ramas de un castaño protegido por todos los lados por espesos matorrales.

—¿Cómo hará para llegar hasta él sin que le oiga? —pregunté a Lucien—.

No parece tarea fácil.

—No; si pudiera verlo le dispararía desde aquí.

—¿Cómo desde aquí? ¿Con una escopeta puede usted matar faisanes a ochenta pasos?

—Con plomo, no; con bala, sí.

—Ah, con bala, no me diga más, eso es otra cosa; ha hecho muy bien tomando las riendas del asunto.

—¿Quiere usted verlo? —preguntó Orlandi.

—Sí —dijo Lucien—, confieso que me gustaría.

—Entonces, aguarde.

Y Orlandi se puso a imitar el cloqueo de la hembra de faisán.

En el mismo instante, sin ver al faisán, advertimos un movimiento en las hojas del castaño; el faisán trepaba de rama en rama, al tiempo que contestaba con su cloqueo a los requerimientos que simulaba Orlandi.

Por último, apareció en la copa del árbol, perfectamente visible, recortándose nítidamente en la blancura mate del cielo.

Orlandi enmudeció y el faisán permaneció inmóvil.

En el mismo instante, Lucien encaró la escopeta, y, tras apuntar un segundo, disparó.

El faisán se desplomó pesadamente.

—¡Busca! —dijo Lucien a Diamante.

El perro se arrojó entre los matorrales y, a los cinco minutos, regresó con el faisán en la boca.

La bala había atravesado el cuerpo del ave.

—Excelente disparo —dije—, y más con una escopeta de dos cañones. Le felicito.

—Bueno —dijo Lucien—, tiene menos mérito de lo que usted cree; uno de los cañones está rayado y lleva alojada la bala como una carabina.

—Es igual. Incluso con una carabina es un disparo excepcional.

—Bah —dijo Orlandi—, con una carabina Lucien acierta a trescientos pasos en una moneda de cinco francos.

—¿Y dispara usted con pistola tan bien como con escopeta?

—Más o menos —dijo Lucien—. A veinticinco pasos puedo acertar seis balas de cada doce en la hoja de un cuchillo.

—Me quité el sombrero y saludé a Lucien.

—¿Y su hermano es tan diestro como usted?

—¿Mi hermano? ¡Pobre Louis! No ha tocado nunca ni una escopeta ni una pistola. Por eso me temo siempre que tenga algún lance desagradable en París, porque, siendo valiente como es, y por defender el honor de su país, se dejaría matar.

Y Lucien introdujo el faisán en el holgado bolsillo de su chaqueta de pana.

—Bien, querido Orlandi, hasta mañana.

—Hasta mañana, Lucien.

—Conozco su puntualidad; a las diez, usted, sus amigos y sus parientes estarán en el extremo de la calle, ¿no es así? Por el lado de la montaña, a la misma hora, y en el extremo opuesto de la calle, esperará Colona, con sus parientes y amigos. Nosotros estaremos en los escalones de la iglesia.

—Conforme, Lucien; gracias por las molestias. Y usted, caballero —añadió Orlandi volviéndose hacia mí y saludándome—, gracias por el honor que nos hace.

Y, tras este intercambio de cumplidos, nos separamos; Orlandi regresó al monte y nosotros nos encaminamos hacia el pueblo.

Diamante, por su parte, permaneció un momento indeciso entre Orlandi y nosotros, mirando alternativamente a derecha e izquierda. Tras cinco minutos de vacilación, nos hizo el honor de otorgarnos su preferencia.

Confieso que, a la ida, mientras escalaba la doble pared de rocas, me había sentido un tanto inquieto respecto a cómo descendería; los descensos, como es sabido, entrañan mucha mayor dificultad que los ascensos.

Vi no sin agrado que Lucien, adivinando sin duda mis pensamientos, tomaba un camino distinto a aquel por el que habíamos venido.

Esa ruta me brindaba una ventaja añadida, y era la de la conversación, que los lugares escarpados interrumpían lógicamente.

Y, comoquiera que la pendiente era suave y el camino fácil, no había recorrido cincuenta pasos cuando volví a mis preguntas habituales.

—¿Así que han hecho las paces?

—Sí, y como habrá podido ver, ha costado lo suyo. Por fin, he logrado hacerle comprender que los Colona habían transigido en todo. Para empezar, en su familia habían muerto cinco hombres, mientras que en la de los Orlandi solo cuatro. Los Colona consintieron ayer en la reconciliación, mientras que los Orlandi no lo han hecho hasta hoy. Y en segundo lugar, los Colona se han comprometido a devolver públicamente una gallina viva a los Orlandi, lo cual demostraba que reconocían su culpa. Esta última consideración ha sido decisiva.

—¿Y la emocionante reconciliación se producirá mañana?

—Mañana, a las diez. Ya ve que tampoco podrá quejarse. ¡Esperaba ver una vendetta! —el joven añadió con una risa amarga—: ¡Bah!, valiente cosa una vendetta. Hace cuatrocientos años que no se habla de otra cosa en Córcega. Verá usted una reconciliación. La verdad, algo mucho más infrecuente que una vendetta.

Me eché a reír.

—Claro —dijo—, se ríe de nosotros, y no le falta razón; lo cierto es que somos gente bien rara.

—No, me río de una cosa extraña, y es que se enfada usted consigo mismo por haber cumplido tan bien su objetivo.

—Sí, ¿verdad? Ah, si hubiera podido escucharme hace un rato, habría admirado mi elocuencia. Pero vuelva dentro de diez años, y descuide, que toda esta gente hablará francés.

—Es usted un excelente abogado.

—No, entendámonos, soy un árbitro. ¡Qué demonios!, el deber de un árbitro es la reconciliación. Si me nombraran árbitro entre Dios y Satán, procuraría reconciliarlos, aunque en el fondo de mí mismo sabría que, de hacerme caso, Dios cometería una tontería.

Como advertí que esta conversación no hacía sino mortificar a mi acompañante, abandoné el tema, y, como tampoco él hizo nada por reiniciarlo, llegamos a la casa sin pronunciar una sola palabra más.

X

Griffo nos esperaba.

Antes de que su señor se dirigiese a él, hurgó en el bolsillo de su chaqueta y extrajo el faisán. Había oído y reconocido el escopetazo.

La señora de Franchi no estaba aún acostada, pero se había retirado a su habitación, no sin antes dar instrucciones a Griffo para que su hijo pasase a verla antes de irse a dormir.

El joven me preguntó si necesitaba algo, y, ante mi respuesta negativa, me pidió permiso para cumplir los deseos de su madre.

Le di entera libertad y subí a mi habitación.

Volví a verla con cierto orgullo. Mis estudios sobre las analogías no me habían engañado, y me enorgullecía de haber adivinado el carácter de Louis como hubiera adivinado el de Lucien.

Así pues, me desnudé lentamente, y, tras tomar las Orientales de Victor Hugo de la biblioteca del futuro abogado, me metí en la cama, satisfecho de mí mismo.

Acababa de releer por centésima vez El fuego del cielo cuando oí unos pasos que subían la escalera y se detenían quedamente ante mi puerta; comprendí que era mi anfitrión, que venía con intención de darme las buenas noches, pero que, temiendo sin duda que yo estuviese ya dormido, dudaba en abrir la puerta.

—Adelante —dije depositando el libro en la mesilla de noche.

Efectivamente, se abrió la puerta y asomó Lucien.

—Perdón —me dijo—, pero es que, tras pararme a pensar, me he dado cuenta de que he estado muy huraño esta noche, y no he querido acostarme sin antes disculparme; de modo que vengo a excusarme, y, como todavía parece tener usted bastantes preguntas que hacerme, a ponerme a su entera disposición.

—Se lo agradezco —contesté—; por el contrario, gracias a su amabilidad estoy más o menos al tanto de cuanto quería saber; únicamente me queda una cosa que me he prometido no preguntarle.

—¿Por qué?

—Porque sería una auténtica indiscreción. Ahora, se lo advierto, si me insiste, no respondo de mí.

—Pues entonces, adelante: es malo no satisfacer una curiosidad; eso despierta conjeturas, y, de cada tres conjeturas, siempre hay por lo menos dos que son más perjudiciales para quien es objeto de ellas que la propia verdad.

—Por eso no tema: mis suposiciones más injuriosas sobre usted me llevan tan solo a creer que es usted brujo.

El joven se echó a reír.

—¡Demonio! —dijo—, va a hacerme sentir tan curioso como usted. Hable, por favor, se lo pido yo.

—Pues bien, ha tenido usted la bondad de aclararme cuanto era oscuro para mí, excepto un solo punto: me ha enseñado usted esas magníficas armas históricas que solicitaré volver a ver antes de marcharme.

—Punto uno.

—Me ha explicado lo que significaba esa doble y similar inscripción en la culata de las dos carabinas.

—Punto dos.

—Me ha revelado que, por obra de ese fenómeno de su nacimiento, experimenta, pese a hallarse a trescientas leguas de su hermano, las mismas sensaciones que él, como por su parte, sin duda, él experimenta las suyas.

—Punto tres.

—Pero, cuando, respecto a ese sentimiento de tristeza que le ha asaltado, y que le hace pensar que algún percance desagradable le ha ocurrido a su hermano, la señora de Franchi le ha preguntado si estaba seguro de que no había muerto, usted ha contestado: «No, si hubiera muerto, habría vuelto a verlo».

—Sí, es cierto, eso he contestado.

—Bien, pues si la explicación de esas palabras puede penetrar en un oído humano, le ruego que me las explique.

Conforme yo iba hablando, el semblante del joven iba tornándose tan grave que pronuncié las últimas palabras con tono vacilante.

Incluso, cuando dejé de hablar, se hizo un silencio entre ambos.

—Vaya —dije—, ya veo que he sido indiscreto; hagamos como si no hubiera dicho nada.

—No, solo que es usted un hombre de mundo, y por consiguiente de mente un tanto incrédula. Verá, temo que pueda tachar de superstición una antigua tradición familiar que subsiste entre nosotros desde hace cuatrocientos años.

—Escuche —dije—, le juro una cosa, y es que, en lo tocante a leyendas y tradiciones, no hay nadie tan crédulo como yo, e incluso hay cosas en las que creo particularmente, y es en las cosas imposibles.

—Entonces, creerá en las apariciones.

—¿Quiere que le cuente lo que me ha sucedido a mí mismo?

—Sí, eso me animará.

—Mi padre murió en 1807; por lo tanto yo tenía solo tres años y medio; como el médico había anunciado el inminente final del enfermo, me habían trasladado a casa de una vieja prima que vivía en una casa con patio y jardín.

»Mi prima me había puesto una cama frente a la suya, me había hecho acostarme a mi hora habitual, y, pese a la desgracia que se cernía sobre mí y de la que por otra parte yo no tenía conciencia, me dormí; de pronto suenan tres violentos golpes en la puerta de nuestra habitación; yo me despierto, bajo de la cama y me encamino hacia la puerta.

»—¿Adónde vas? —pregunta mi prima.

»La habían despertado como a mí esos tres golpes, y no podía contener cierto terror, sabedora de que, estando cerrada la puerta de la calle, nadie podía llamar a la puerta de la habitación donde estábamos.

»—Voy a abrirle a papá, que viene a decirme adiós —contesté.

»Mi prima saltó a su vez de la cama y me acostó a la fuerza, porque yo lloraba sin cesar de gritar:

»—Papá está en la puerta, y quiero verlo antes de que se vaya para siempre».

—¿Y desde entonces, se ha repetido la aparición? —preguntó Lucien.

—No, aunque lo he llamado con bastante frecuencia; pero puede que Dios conceda a la pureza del niño los privilegios que niega a la corrupción del hombre.

—Pues en nuestra familia —dijo sonriendo Lucien— somos más afortunados que usted.

—¿Siguen viendo a sus parientes muertos?

—Cada vez que va a producirse, o que se ha producido, un importante acontecimiento.

—¿Y a qué atribuye ese privilegio otorgado a su familia?

—Es una tradición que se ha conservado en la familia: ya le he dicho que Savilia murió dejando dos hijos.

—Sí, lo recuerdo.

—Esos dos hijos crecieron, queriéndose con todo el amor que hubieran profesado a los demás parientes, de haber vivido estos. Así pues, se juraron que nada podría separarlos, ni siquiera la muerte; y, a raíz de no sé qué encendida conjura, escribieron, con su sangre, en un pedazo de pergamino que intercambiaron, un juramento recíproco según el cual el primero que muriese se aparecería al otro, primero en el momento de su propia muerte, después en todos los momentos culminantes de su vida. Tres meses después, uno de los dos hermanos murió víctima de una emboscada en el mismo instante en que el otro sellaba una carta dirigida a él; pero apenas este estampó su anillo en la cera aún ardiente, oyó un suspiro tras él, y, al volverse, vio a su hermano de pie y con la mano apoyada en su hombro, si bien no sentía esa mano. Entonces, con un gesto maquinal, le alargó la carta dirigida a él; el otro tomó la carta y desapareció. Volvió a verlo la víspera de su muerte. Al parecer los dos hermanos no solo habían empeñado su palabra para sí mismos sino también para sus descendientes; tan es así que, desde aquella época, las apariciones fueron repitiéndose no solo en el momento de la muerte de quienes fallecían, sino la víspera de todos los grandes acontecimientos.

—¿Y presenció usted alguna aparición?

—No, pero, habida cuenta de que mi padre, durante la noche que precedió a su muerte, fue alertado por su padre de que iba a morir, imagino que mi hermano y yo gozaremos del privilegio de nuestros antepasados, dado que no hemos hecho nada para desmerecer ese favor.

—¿Y ese privilegio solo se otorga a los varones de la familia?

—Sí.

—¡Qué extraño!

—Pero es así.

Observé a aquel joven que me decía, frío, grave y tranquilo, una cosa aparentemente imposible, y repetía con Hamlet:

There are more things in heaven and earth,

Horatio,

than are dreamt of in your philosophy.

En París, el joven me hubiera parecido un mistificador; pero en un pueblo perdido de Córcega había que considerarlo pura y simplemente como un loco que se engañaba de buena fe o como un ser privilegiado más dichoso o más desdichado que los demás hombres.

—Y, ahora —dijo tras un largo silencio—, ¿sabe usted ya cuanto deseaba saber?

—Sí, —contesté—; le agradezco la confianza que deposita en mí, y le prometo guardar el secreto.

—Pero por Dios —me dijo sonriendo—, si aquí no hay secreto alguno, y cualquier campesino del pueblo le hubiera contado esta historia tal como se la cuento; lo que espero es que en París mi hermano no haya hecho gala de este privilegio, con lo que no lograría sino que los hombres se le rieran en las narices y las mujeres sufrieran un ataque de nervios.

Y, dicho esto, se levantó y, dándome las buenas noches, se retiró a su habitación.

Aunque estaba cansado, me costó bastante dormirme; e incluso, cuando me dormí, tuve un sueño agitado. Se me aparecían nebulosamente todos los personajes que había conocido durante el día, pero mezclados de modo incoherente. Solo cuando comenzaba a clarear me dormí de verdad, y no me desperté hasta que sonó la campana, que parecía tañer en mis oídos.

Tiré de mi campanilla, pues mi sensual predecesor había llevado el lujo hasta disponer al alcance de la mano del cordón de una campanilla, la única sin duda que existía en todo el pueblo.

Inmediatamente apareció Griffo trayendo agua caliente.

Vi que Louis de Franchi había instruido bastante bien a aquella suerte de ayuda de cámara.

Lucien había preguntado ya dos veces si yo me había despertado, y había dejado dicho que a las nueve y media, si yo no daba señal de vida, entraría en mi habitación.

Eran las nueve y veinticinco, de modo que al poco lo vi aparecer.

En esta ocasión, vestía de francés, e incluso de francés elegante. Lucía una levita negra, un chaleco de fantasía, y un pantalón blanco; y es que en Córcega, a comienzos de marzo, se llevan ya desde hace tiempo los pantalones blancos.

Advirtió que yo lo miraba con cierta sorpresa.

—Le sorprende a usted mi atuendo —dijo—; es una prueba más de que me estoy civilizando.

—A fe que sí —contesté—, y le confieso que me admira no poco que exista un sastre tan capacitado en Ajaccio. Lo que pasa es que yo, con mi traje de pana, no sé qué voy a parecer comparado con usted.

—Es que mi atuendo es puro Humann; ni más ni menos, mi querido huésped. Como mi hermano y yo somos exactamente de la misma talla, me hizo la broma de enviarme un guardarropa completo, que, como puede figurarse, solamente me pongo en las grandes ocasiones: cuando pasa por aquí el prefecto, cuando el general que manda el octogésimo sexto regimiento hace la visita de inspección, o también cuando recibo a un huésped como usted, y ese placer se combina con un acontecimiento tan solemne como el que va a producirse.

Usaba el joven de una sempiterna ironía gobernada por una mente superior, que, sin dejar de hacer sentirse incómodo a su interlocutor, no rebasaba nunca las barreras de una exquisita urbanidad.

Así pues, me limité a inclinarme en señal de agradecimiento, mientras él se endosaba, con todas las precauciones usuales, un par de guantes amarillos moldeados en sus manos por Boivin o por Roussaux.

Con ese atuendo parecía un auténtico elegante parisino.

Entretanto yo terminaba a mi vez de vestirme.

Sonaron las diez menos cuarto.

—Bien —dijo Lucien—, si quiere usted ver el espectáculo, creo que ha llegado el momento de ir a sentarnos al coro; a no ser que quiera almorzar antes, lo que se me antoja mucho más razonable.

—Gracias; raramente como antes de las once o las doce; por lo tanto puedo enfrentarme a ambas operaciones.

—Entonces, vamos.

Tomé mi sombrero y le seguí.

XI

Desde lo alto de la escalera de ocho peldaños, que daba acceso al castillo donde moraban la señora de Franchi y su hijo, se dominaba la plaza.

Esta, al contrario que la víspera, estaba atestada de gente. Con todo, esa multitud se componía de mujeres y de niños menores de doce años; entre ellos no se veía un solo hombre.

En el primer escalón de la iglesia se erguía un hombre solemnemente ceñido con una banda tricolor: era el alcalde.

Bajo el pórtico, otro hombre vestido de negro estaba sentado ante una mesa con un escrito al alcance de la mano. Ese hombre era el notario; el escrito era el acta de conciliación.

Tomé asiento en uno de los lados de la mesa con los padrinos de Orlandi. Al otro lado se hallaban los padrinos de Colona; tras el notario se acomodó Lucien, quien apadrinaba por igual a uno y a otro.

Al fondo, en el coro de la iglesia, se veía a los sacerdotes listos para celebrar misa.

El reloj dio las diez.

En el mismo instante un escalofrío recorrió la multitud, y todos los ojos se fijaron en los dos extremos de la calle, si es que podía denominarse calle al desigual intervalo dejado por capricho de una cincuentena de casas construidas al antojo de sus propietarios.

Al punto se vio aparecer, por el lado de la montaña, a Orlandi, y por el del río, a Colona. Cada cual iba seguido por sus adictos; pero, según lo establecido, ni uno solo portaba armas; salvo algunos rostros un tanto intimidantes, semejaban honrados mayordomos de orden religiosa desfilando en una procesión.

Los dos jefes de ambos partidos presentaban un contraste físico muy marcado.

Orlandi, como he dicho, era alto, delgado, moreno, ágil.

Colona era pequeño, achaparrado, fornido; tenía la barba y el cabello pelirrojos; barba y cabello eran cortos y rizados.

Ambos sostenían una rama de olivo, simbólico emblema de la paz que iban a sellar, y que era una poética invención del alcalde.

Colona, además, sujetaba por las patas una gallina blanca, destinada a reemplazar, a efectos de daños y perjuicios, la gallina que, diez años atrás, originara el contencioso.

La gallina estaba viva.

Dicho punto se había debatido largo y tendido y estuvo en un tris de echar por tierra el asunto, pues Colona consideraba una doble humillación devolver viva una gallina que su tía había arrojado muerta a la cara de la prima de Orlandi.

Con todo, a fuerza de razonamiento, Lucien logró convencer a Colona de que entregara la gallina, al igual que, a fuerza de dialéctica, convenció a Orlandi de que la aceptara.

No bien aparecieron los dos enemigos, las campanas, que instantes antes habían guardado silencio, comenzaron a repicar al vuelo.

Al advertirlo, tanto Orlandi como Colona reaccionaron con un mismo gesto, que indicaba a las claras un recíproco rechazo; no obstante, prosiguieron su camino.

Enfrente mismo de la puerta de la iglesia, se detuvieron a unos cuatro pasos el uno del otro.

Tres días atrás, de haberse encontrado aquellos dos hombres a cien pasos de distancia, a buen seguro que uno de ellos no hubiera vuelto a moverse de donde estaba.

Durante cinco minutos, no solo en los dos grupos, sino también en toda la multitud, se hizo un silencio que, pese al propósito conciliador de la ceremonia, nada tenía de pacífico.

En esas tomó la palabra el alcalde.

—Bien, Colona, ya sabe que le corresponde a usted hablar en primer lugar.

Colona hizo un profundo esfuerzo, y pronunció unas palabras en dialecto corso.

Me pareció entender que expresaba su pesar por haberse hallado en vendetta diez años atrás con su buen vecino Orlandi, y que en compensación le ofrecía la gallina blanca que sostenía en la mano.

Orlandi aguardó a que su vecino hubiese terminado de hablar, y respondió con otras palabras en corso en las que por su parte prometía olvidarlo todo salvo la solemne reconciliación que se efectuaba bajo los auspicios del señor alcalde, bajo el arbitraje del señor de Franchi, y de la que tomaba nota el señor notario.

A continuación ambos guardaron silencio.

—Bueno, señores —dijo el alcalde—, según creo, habían acordado darse la mano.

Con un movimiento instintivo, los dos enemigos se llevaron las manos a la espalda.

El alcalde descendió el escalón sobre el que se hallaba, buscó la mano de Colona tras la espalda de este, regresó a buscar la de Orlandi tras la suya, y, después de no pocos esfuerzos que trató de camuflar a sus administrados con una sonrisa, logró juntar ambas manos.

El notario aprovechó la ocasión, se levantó y leyó, mientras el alcalde aguantaba con firmeza las dos manos, que al principio hicieron cuanto pudieron para desasirse, pero que al final se resignaron a permanecer unidas:

«Ante mí, Giuseppe-Antonio Sarrola, notario real de Sollacaro, provincia de Sartène,

»En la plaza mayor del pueblo, frente a la iglesia, en presencia del señor alcalde, de los padrinos y de todo el pueblo;

»Entre Gaetano-Orso Orlandi, llamado Orlandini;

»Y Marco-Vicenzio Colona, llamado Schioppone;

»Se ha decidido solemnemente lo que sigue:

»Que a partir del día de hoy, 4 de marzo de 1841, cesará la vendetta declarada entre ambos.

»Que a partir del mismo día convivirán como buenos vecinos y amigos, como vivían sus padres antes del desdichado episodio que provocó la desavenencia entre sus familias y amigos.

»En testimonio de lo cual, han firmado los presentes documentos, bajo el pórtico de la iglesia del pueblo, junto con el señor Polo Arbori, alcalde del pueblo, el señor Lucien de Franchi, árbitro, los padrinos de ambos contratantes, y yo el notario.

»Sollacaro, a 4 de marzo de 1841».

Observé con admiración que, por exceso de prudencia, el notario no había hecho la más mínima referencia a la gallina que situaba a Colona en tan mala posición ante Orlandi.

De ahí que el rostro de Colona se iluminara en la misma medida en que se oscurecía el de Orlandi. Este miró la gallina que sostenía en la mano dejando traslucir la violenta tentación que experimentaba de arrojársela a la cara a Colona. Una mirada de Lucien de Franchi atajó la latente intención aviesa.

El alcalde, haciéndose cargo de que no había tiempo que perder, subió caminando hacia atrás, sin soltar las dos manos unidas y sin perder de vista por un instante a ambos reconciliados.

Acto seguido, para evitar la nueva discusión que no dejaría de producirse en el momento de firmar, habida cuenta de que cada uno de los adversarios consideraría sin lugar a dudas una concesión el hecho de firmar el primero, tomó la pluma, firmó él mismo, y, transformando el oprobio en honor, pasó la pluma a Orlandi, quien la tomó, firmó y se la pasó a Lucien, el cual, usando del mismo subterfugio pacífico, se la alcanzó a su vez a Colona, que estampó su cruz.

En el mismo instante, resonaron los cantos eclesiásticos, como se canta el Te Deum tras una victoria.

A continuación firmamos todos sin distinción de rango ni de título, como firmara la nobleza de Francia ciento veintitrés años atrás la protesta contra el duque de Maine.

Acto seguido los dos héroes del día entraron en la iglesia y se arrodillaron a cada lado del coro, cada uno en la silla que se le había designado.

Observé que a partir de ese momento Lucien estaba totalmente tranquilo: había acabado todo; se había jurado la reconciliación, no solo ante los hombres, sino también ante Dios.

El resto del oficio divino transcurrió pues sin ningún acontecimiento que merezca la pena relatarse.

Concluida la misa, Orlandi y Colona salieron con idéntico ceremonial.

En la puerta, a invitación del alcalde, volvieron a tocarse la mano; después cada cual reemprendió, con su cortejo de amigos y parientes, el camino hacia su casa, donde hacía tres años que ni uno ni otro habían entrado. Lucien y yo, por nuestra parte, regresamos a casa de la señora de Franchi, donde nos aguardaba la comida.

Enseguida comprendí, al ver cómo se incrementaban las atenciones hacia mi persona, que Lucien había leído mi nombre por encima de mi hombro en el momento en que se estampaba al pie del acta, y que ese nombre no le resultaba del todo desconocido.

Por la mañana había anunciado a Lucien mi decisión de marcharme después de comer; tenía que presentarme forzosamente en París para asistir a los ensayos de Un matrimonio en tiempos de Luis XIV, y, no obstante las instancias de la madre y del hijo, persistí en mi primera decisión.

Lucien me pidió entonces permiso para usar de mi ofrecimiento escribiendo a su hermano, y la señora de Franchi, quien, tras su fuerza ancestral no dejaba de ocultar un corazón de madre, me hizo prometer que entregaría en persona esa carta a su hijo.

Aquello tampoco representaba una gran molestia, toda vez que Louis de Franchi, como auténtico parisino, habitaba en la Rue de Helder, número 7.

Pedí permiso para ver por última vez la habitación de Lucien, quien me condujo a ella en persona y me dijo mostrando cuanto había en ella:

—Se lo ruego, si le agrada algún objeto, no tiene más que pedirlo, porque ese objeto es suyo.

Descolgué un pequeño puñal situado en un rincón lo bastante oscuro como para indicarme que no tenía ningún valor, y como había visto a Lucien lanzar una mirada de curiosidad a mi cinturón de caza y alabar su apresto, le rogué que lo aceptase. Tuvo el buen gusto de aceptarlo sin hacerme repetir el ruego.

En ese momento apareció Griffo en la puerta.

Venía a anunciarme que el caballo estaba ensillado y que el guía me esperaba.

Tenía preparado un regalo para Griffo; era una suerte de cuchillo de caza con dos pistolas pegadas a lo largo de la hoja y cuyos dispositivos de disparo quedaban ocultos bajo la empuñadura.

Jamás había visto embeleso semejante al suyo.

Bajé y encontré a la señora de Franchi al pie de la escalera; me esperaba para desearme un buen viaje en el mismo lugar donde me había dado la bienvenida. Le besé la mano; me inspiraba un gran respeto aquella mujer tan sencilla y a la par tan digna.

Lucien me acompañó hasta la puerta.

—Cualquier otro día —dijo— ensillaría el caballo y le acompañaría hasta más allá de la montaña; pero, hoy, no me atrevo a abandonar Sollacaro, no sea que alguno de nuestros dos nuevos amigos cometa una tontería.

—Y hace usted muy bien —repuse—; no sabe usted lo mucho que celebro haber tenido ocasión de ver una ceremonia tan novedosa en Córcega como la que acabo de presenciar.

—Sí, sí —dijo—, celébrelo usted, porque lo que ha visto habrá hecho revolverse a nuestros antepasados en sus tumbas.

—Lo entiendo. Supongo que entre ellos la palabra era lo suficientemente sagrada como para que no necesitaran que interviniese un notario en la reconciliación.

—Esos no se hubiesen reconciliado nunca.

Me tendió la mano.

—¿No me encarga usted que abrace a su hermano?

—Claro que sí, si eso no le es mucha molestia.

—Pues entonces démonos un abrazo; no puedo transmitir lo que no he recibido.

Nos abrazamos.

—¿Volveré a verlo algún día? —le pregunté.

—Sí, si regresa usted a Córcega.

—No, si viene usted a París.

—No iré nunca —contestó Lucien.

—En cualquier caso, encontrará tarjetas con mi nombre sobre la chimenea de su hermano. No olvide la dirección.

—Le prometo que, de conducirme un acontecimiento cualquiera al continente, recibiría usted mi primera visita.

—Muy bien.

Me tendió por última vez la mano y nos separamos; pero, mientras pudo verme descender la calle que conducía al río, me siguió con la mirada.

En el pueblo reinaba bastante tranquilidad, si bien seguía advirtiéndose esa suerte de agitación que sucede a los grandes acontecimientos, y yo me alejé observando conforme pasaba todas las puertas, esperando ver salir a mi ahijado Orlandi, quien, a decir verdad, me debía unas palabras de agradecimiento, y no había dado señal de vida.

Pero dejé atrás la última calle del pueblo, y me adentré en el campo sin ver a nadie que se le pareciese.

Pensaba que se había olvidado totalmente de mí, y debo decir que, dadas las graves preocupaciones que debían de atormentar a Orlandi en semejante día, le perdoné sinceramente ese olvido, cuando, de pronto, al llegar al monte de Bicchisano, vi salir de la espesura a un hombre que se plantó en medio del camino y a quien identifiqué en el mismo instante con aquel al que, con mi impaciencia francesa y con mi hábito a las pautas parisinas, tachaba de ingratitud.

Observé que ya había tenido tiempo de endosarse la misma indumentaria con la que había aparecido en las ruinas de Vicentello, es decir que portaba su cartuchera, de la que colgaba la pistola de rigor, e iba armado con su escopeta.

Cuando estuvo a diez pasos de mí, se quitó el sombrero, mientras yo, por mi parte, espoleaba el caballo para no hacerle esperar.

—Señor —me dijo—, no he querido dejarle marchar de Sollacaro sin agradecerle el honor que ha tenido la bondad de hacerle a un pobre campesino como yo, sirviéndole de testigo; y como en el pueblo no me encontraba cómodo ni con libertad para hablar, he preferido venir a esperarle aquí.

—Se lo agradezco —le dije—, pero no tenía que haberse molestado, y todo el honor ha sido mío.

—Además, vera usted —prosiguió el bandido—, no pierde uno así como así los hábitos de cuatro años. El aire de la montaña es tremendo; una vez que lo respiras, luego te ahogas en todas partes. En esas miserables casas, me daba la impresión de que en el momento menos pensado se me iba a caer el techo encima.

—Pero habrá de reanudar su vida habitual. Posee una casa, según me han dicho, un campo, una viña.

—Bueno, sí; pero mi hermana cuidaba de la casa, y los luqueses labraban y vendimiaban. Los corsos no trabajamos.

—¿Y qué hacen entonces?

—Vigilamos a los trabajadores, nos paseamos con el fusil al hombro, cazamos.

—Muy bien, señor Orlandi —le dije tendiéndole la mano—, ¡le deseo una buena caza! Pero recuerde que tanto usted como yo hemos empeñado nuestro honor comprometiéndonos a que en lo sucesivo solo dispararía a los musmones, los gamos, los jabalíes, los faisanes y las perdices, y nunca a Marco-Vicenzio Colona, ni a nadie de su familia.

—¡Ay!, excelencia —me contestó mi ahijado con una expresión que solo había observado en los litigantes normandos—, ¡muy flaca estaba esa gallina que me ha devuelto!

Y sin añadir una palabra más, se arrojó al monte y desapareció.

Reemprendí el camino meditando sobre esa posible causa de ruptura entre los Orlandi y los Colona.

Esa noche dormí en Albitreccia. Al día siguiente llegué a Ajaccio.

Ocho días después me hallaba en París.

XII

El mismo día de mi llegada me presenté en casa de Louis de Franchi. Había salido.

Dejé mi tarjeta, con una notita anunciándole que llegaba directamente de Sollacaro, y que traía una carta de su hermano Lucien. Le pedía que concertásemos una cita, añadiendo que me había comprometido a entregarle la carta personalmente.

Para conducirme al despacho de su señor a fin de escribir esa nota, el criado me hizo atravesar sucesivamente el comedor y el salón.

Observé todo a mi alrededor, con la curiosidad que cabe comprender, y reconocí los mismos gustos que ya había tenido ocasión de atisbar en Sollacaro; solo que en esos gustos brillaba por su ausencia la elegancia parisina. La vivienda de Louis de Franchi me pareció un delicioso piso de soltero.

Al día siguiente, mientras me vestía, es decir sobre las once de la mañana, mi criado me anunció a su vez al señor de Franchi. Le ordené que lo hiciera pasar al salón, le ofreciera periódicos y le anunciara que en unos instantes me hallaría a su disposición.

A los cinco minutos, en efecto, entré en el salón.

Al oírme llegar, el señor de Franchi, quien, por cortesía sin duda, se había enfrascado en la lectura de un folletín mío, que, por aquella época, aparecía en La Presse, alzó la cabeza.

Me dejó petrificado el parecido con su hermano.

Se levantó.

—Caballero —me dijo—, me costaba creer en mi buena fortuna al leer ayer la nota que me entregó mi criado cuando regresé a mi casa. Diez veces le pedí que me lo describiera, para cerciorarme de que coincidía con sus retratos; en fin, que esta mañana, impaciente por darle las gracias y por recibir noticias de mi familia, me he presentado en su casa sin consultar antes la hora; por ello me temo haber sido quizá un tanto madrugador.

—Disculpe —contesté— que no me apresure a contestar a sus amables palabras; pero es que le confieso que, cuando le miro, me pregunto si tengo el honor de estar hablando con el señor Louis de Franchi o con su hermano Lucien.

—Sí, ¿verdad? El parecido es grande —añadió sonriendo—. Cuando todavía vivía en Sollacaro, los únicos que no nos equivocábamos éramos mi hermano y yo; no obstante, si, desde que yo no estoy, no ha abjurado de sus costumbres corsas, le habrá visto constantemente con un atuendo que marca entre nosotros cierta diferencia.

—Pues, precisamente, ha querido el azar que cuando me he despedido de él vistiera exactamente igual que usted, exceptuando el pantalón blanco, que todavía no se lleva en París; por ello, para distinguir la presencia de usted del recuerdo de su hermano, ni siquiera cuento con esa diferencia de indumentaria de la que me habla. Pero —añadí sacando la carta de mi cartera— estará usted impaciente por tener noticias de su familia; aquí tiene esta carta, que hubiera dejado en su casa ayer, de no haber prometido a la señora de Franchi que se la entregaría en persona.

—¿Y los dejó usted bien a todos al marcharse?

—Sí, pero inquietos.

—¿Por mí?

—Por usted. Pero lea la carta, por favor.

—¿Me permite?

—No faltaba más…

Louis de Franchi abrió la carta, mientras yo preparaba cigarrillos.

Entretanto no despegaba los ojos de él mientras su mirada recorría rauda la epístola familiar; de vez en cuando sonreía murmurando:

—¡Mi querido Lucien! ¡Mi buena madre!… Sí… sí… lo entiendo.

Todavía no me hacía a la idea de tan sorprendente parecido; no obstante, como me había dicho Lucien, observé que su tez era más blanca y su pronunciación de la lengua francesa más nítida.

—Bien —dije cuando terminó de leer, ofreciéndole un cigarrillo que encendió con el mío—, habrá visto, como ya le he dicho, que su familia está preocupada, pero compruebo con alegría que sin motivos.

—No —repuso con tristeza—, no del todo. No estoy enfermo, eso es cierto; he tenido un disgusto, un disgusto bastante fuerte incluso, el cual le confieso que no hacía sino acrecentar mi idea de que, padeciendo aquí, hacía padecer allí a mi hermano.

—Su hermano ya me había dicho lo que me dice usted; pero, la verdad sea dicha, para que creyese que algo tan extraordinario pudiese ser cierto y no una preocupación momentánea, necesitaba la prueba que ahora tengo ante mí. ¿De modo que usted mismo está convencido de que el malestar que experimentaba allí su hermano dependía del sufrimiento que le aqueja a usted aquí?

—Sí, señor, ni más ni menos.

—Entonces, como su respuesta afirmativa me hace interesarme doblemente por lo que le sucede, permítame que le pregunte, por interés que no por curiosidad, si el disgusto del que me hablaba antes ha pasado y si comienza usted a consolarse.

—Bueno, ya sabe usted que los dolores más vivos se mitigan con el tiempo, y, si algún accidente no emponzoña la llaga de mi corazón, esta seguirá sangrando algún tiempo, y acabará cicatrizando. Pero sepa que le quedo profundamente agradecido, y espero que de vez en cuando me autorice para venir a hablarle de Sollacaro.

—Con muchísimo gusto, pero ¿por qué no proseguimos ahora mismo una conversación que me resulta tan grata como a usted? Mire, ahí viene mi criado a anunciarme que la comida está servida. Concédame el favor de compartir una costilla conmigo, y podremos conversar tranquilamente.

—Imposible, no sabe cuánto lo siento. Ayer recibí una carta del ministro de Justicia, pidiéndome que me pase hoy por el ministerio, y, como comprenderá, yo, pobre abogadillo en ciernes, no puedo hacer esperar a tan gran personaje.

—Ah, probablemente le llamará por el asunto de los Orlandi y los Colona.

—Eso creo, y, como mi hermano me dice que se ha terminado el contencioso…

—Ante notario, puedo contárselo tal como ocurrió; firmé un contrato como padrino de Orlandi.

—En efecto, algo me dice mi hermano al respecto.

—Discúlpeme —me dijo consultando su reloj—, son las doce menos unos minutos; antes que nada, le anunciaré al ministro que mi hermano ha cumplido su palabra.

—Desde luego, religiosamente, de eso le respondo yo.

—¡Mi querido Lucien! Ya sabía yo que, pese a no comulgar con ello, lo haría.

—Sí, hay que agradecérselo; porque le aseguro que le costó lo suyo.

—Hablaremos de todo ello más adelante; como comprenderá, para mí representa un inmenso placer volver a ver, con los ojos del pensamiento, evocados por usted, a mi madre, a mi hermano y a mi país. Así pues, si tiene la bondad de decirme una hora…

—En este momento voy a estar muy ocupado. Durante los primeros días posteriores a mi regreso, andaré de aquí para allá. Pero dígame usted dónde puedo encontrarlo.

—Escúcheme —me dijo— mañana es la mi-carème, ¿no?

—¿Mañana?

—Sí.

—¿Y?

—¿Va usted al baile de la Ópera?

—Sí y no. Sí, si me lo pregunta para que concertemos una cita allí; no, si no tengo nada que me llame allí.

—Yo tengo que ir; me veo obligado a ir.

—¡Ajá! —dije sonriendo—, ya veo, como decía usted antes, que el tiempo mitiga los más vivos dolores, y que la llaga de su corazón cicatrizará.

—Se equivoca, porque allí probablemente me toparé con otros motivos de angustia.

—Entonces, no vaya.

—¡Ay, Dios mío! ¿Acaso hace uno lo que quiere en esta vida? Me veo arrastrado a mi pesar; voy allí donde me empuja la fatalidad. Sé que sería mejor no ir, y sin embargo iré.

—Entonces, ¿mañana en la Ópera?

—Sí.

—¿A qué hora?

—A las doce y media, si usted quiere.

—¿Dónde?

—En el foyer. A la una tengo una cita delante del reloj.

—Conforme.

Nos estrechamos la mano, y salió bruscamente.

Estaban a punto de sonar las doce del mediodía.

Por mi parte dediqué toda la tarde y la mañana del día siguiente a los quehaceres imprescindibles para quien regresa de un viaje de dieciocho meses.

Y a las doce y media de la noche acudí a la cita.

Louis llegó un poco tarde; había seguido por los pasillos a una máscara que le había parecido reconocer; pero la máscara se había perdido en la multitud, y no pudo alcanzarla.

Quise hablar de Córcega, pero Louis estaba demasiado distraído para abordar tan grave tema de conversación; no apartaba los ojos del reloj, y de improviso me abandonó exclamando:

—Ah, ahí llega mi ramo de violetas.

Y se abrió paso entre la multitud para dirigirse hacia una mujer que, efectivamente, sostenía un enorme ramo de violetas.

Como, por fortuna para los solitarios, había en la sala ramos de toda suerte, no tardó en abordarme un ramo de camelias que tuvo a bien felicitarme sobre mi feliz regreso a París.

Al ramo de camelias sucedió un ramo de rosas de pitiminí.

Al ramo de rosas de pitiminí un ramo de heliotropos.

Total, que iba ya por mi quinto ramo cuando me encontré a D…

—¡Hombre!, usted por aquí, amigo mío —me dijo—, bienvenido sea, porque cae de maravilla; esta noche cenamos en mi casa con fulano y mengano —mencionó a tres o cuatro amigos comunes—, y contamos con usted.

—Mil gracias, queridísimo amigo —contesté—, pero pese a lo mucho que me complacería aceptar su invitación, me es imposible, porque estoy acompañado.

—Huelga decirle que todo el mundo puede traer a su acompañante; hemos decidido de común acuerdo que en la mesa habrá seis jarras de agua sin más utilidad que mantener frescos los ramos.

—Ah, amigo mío, ahí es donde va descaminado, porque no tengo ramo alguno que poner en sus jarras: estoy con un amigo.

—Bueno, pero ya sabe el dicho: los amigos de mis amigos…

—Es un joven a quien no conoce.

—Pues bien, nos conoceremos.

—Le propondré esa grata oportunidad.

—Sí, y si se niega, tráigalo a la fuerza.

—Haré cuanto pueda, se lo prometo… ¿Y a qué hora hay que sentarse a la mesa?

—A las tres; pero, como nos quedaremos hasta las seis, tiene usted margen de sobra.

—Muy bien.

Un ramo de miosotis, que tal vez había oído la última parte de nuestra conversación, tomó del brazo a D…, y se alejó con él.

A los pocos instantes, me encontré con Louis, quien, por las trazas, había terminado de hablar con su ramo de violetas.

Como mi dominó poseía una mente bastante mediocre, lo mandé a intrigar a un amigo mío, y tomé del brazo a Louis.

—Qué —le pregunté—, ¿se ha enterado usted de lo que quería saber?

—Desafortunadamente, sí; ya sabe usted que por lo general en los bailes de disfraces solo nos dicen las cosas que deberían dejar que ignoráramos.

—Pobre amigo mío. Disculpe que lo llame así, pero es que me da la impresión de que le conozco desde que conocí a su hermano… Veamos… Es usted infeliz, ¿no? ¿Qué le sucede?

—No, de verdad, nada que merezca la pena contarse.

Comprendí que quería guardar el secreto y me callé.

Dimos dos o tres paseos por la sala en silencio; yo, con bastante indiferencia, pues no esperaba a nadie; Louis, siempre al acecho, examinando cada dominó que se hallara al alcance de nuestra vista.

—Escuche —le dije—, ¿sabe lo que debería hacer?

Se estremeció, como si le arrancara de sus pensamientos.

—¿Yo?… ¡No! ¿Qué dice usted? Perdón…

—Le propongo una distracción que creo que necesita.

—¿Cuál?

—Acompáñeme a cenar a casa de un amigo.

—Eso sí que no… Sería un comensal demasiado taciturno.

—¡Bah! Dirán disparates, y eso le animará.

—Además, no estoy invitado.

—Se equivoca; sí que lo está.

—Muy amable por parte de su anfitrión, pero, se lo aseguro, no me siento digno…

En ese momento nos cruzamos con D… Parecía muy entretenido con su ramo de miosotis.

No obstante me vio.

—Bien, pues queda dicho, ¿no?

—Menos dicho que nunca, querido amigo. No puedo ir a su cena.

—Pues entonces, váyase al diablo.

Y siguió su camino.

—¿Quién es ese señor? —me preguntó Louis, a quien a todas luces le rondaba algo en la cabeza.

Es D…, un amigo mío, hombre de gran inteligencia, y eso que es director de uno de nuestros principales periódicos.

—¡M.D…! —exclamó Louis—. ¡M.D…! ¿Y lo conoce usted?

—Desde luego; nos unen desde hace unos años intereses comunes y sobre todo una buena amistad.

—¿Con él tenía que cenar usted esta noche?

—Precisamente.

—¿Y a su casa quería usted llevarme?

—Sí.

—En ese caso, acepto, ¡sí!, acepto con mucho gusto.

—¡Magnífico! Aunque le haya costado tanto decidirse.

—Quizá no debería ir —añadió Louis sonriendo con tristeza—; pero ya sabe lo que le dije anteayer: no vamos adonde deberíamos ir, vamos adonde nos empuja la fatalidad; la prueba es que hoy me he equivocado viniendo aquí esta noche.

En ese momento nos cruzamos de nuevo con D…

—Querido amigo —le dije—, he cambiado de opinión.

—¿Y viene usted a nuestra cena?

—Sí.

—¡Bravo! Solo que debo advertirle de una cosa.

—¿Cuál?

—Pues que quien cene con nosotros esta noche deberá hacerlo de nuevo mañana.

—¿Y eso en virtud de qué?

—En virtud de una apuesta que hemos hecho con Château-Renaud.

Advertí que Louis, que me había tomado del brazo, se estremecía violentamente.

Me volví; pero aunque estaba más pálido que hacía un instante, su rostro permanecía impasible.

—¿Y cuál es esa apuesta? —pregunté a D…

—Uy, sería demasiado largo de explicar aquí. Además, hay una persona interesada en esa apuesta que podría hacérsela perder a Château-Renaud si llegara a sus oídos.

—¡Muy bien! Hasta las tres.

—Hasta las tres.

Nos separamos de nuevo. Al pasar delante del reloj, le eché una mirada: eran las dos y treinta y cinco minutos.

—¿Conoce usted a ese señor de Château-Renaud? —preguntó Louis con voz en la que intentaba ocultar la emoción.

—Solo de vista; hemos coincidido en alguna cena.

—Entonces, ¿no es amigo suyo?

—No, ni siquiera un conocido.

—¡Ah, mejor!

—¿Y por qué?

—Por nada.

—¿Y usted lo conoce?

—Indirectamente.

—Pese a la respuesta evasiva, no se me ocultó que entre Louis y Château-Renaud existía una de esas relaciones misteriosas en que una mujer es el hilo conductor. Por un sentimiento instintivo comprendí que era preferible para mi amigo que cada cual se fuera a su casa.

—Mire, señor de Franchi, ¿me permite que le dé un consejo?

—Sobre qué, dígame.

—No vayamos a cenar a casa de D…

—Pero ¿por qué? ¿No nos espera? O, mejor dicho, ¿no le ha dicho usted que llevaba a un invitado?

—Sí, pero no es por eso.

—¿Y por qué, entonces?

—Sencillamente porque creo que es mejor que no vayamos.

—Pero, en fin, alguna razón tendrá para haber cambiado de opinión; hace un rato insistía usted incluso en contra de mi voluntad.

—Nos encontraríamos al señor de Château-Renaud.

—¡Tanto mejor! Dicen que es un hombre muy amable, y me encantará conocerlo más a fondo.

—Pues entonces, vayamos, ya que lo desea usted.

Bajamos a recoger nuestros abrigos.

D… vivía a dos pasos de la Ópera; el tiempo era excelente; pensé que el aire libre serenaría un poco a mi amigo. Le ofrecí ir andando, y aceptó.

XIII

En el salón nos encontramos con varios amigos míos, asiduos al foyer de la Ópera, ocupantes del palco infernal, de B…, L…, V… y A… Además, como yo ya me figuraba, con dos o tres dominós sin máscara que sostenían sus ramos aguardando el momento de plantarlos en las jarras.

Presenté a Louis de Franchi a todo el mundo; huelga decir que fue amablemente recibido por todos.

Transcurridos diez minutos llegó D… trayendo al ramo de miosotis, quien se despojó de la máscara con un desparpajo y una soltura que revelaban primero a una mujer guapa y segundo a una mujer habituada a esa clase de saraos.

Presenté al señor de Franchi a D…

—Y ahora —dijo de B…—, una vez hechas las presentaciones, les pediré que nos sentemos a la mesa.

—Se han hecho las presentaciones, pero no han llegado todos los comensales —contestó D…

—¿Pues quién falta?

—Todavía no ha llegado Château-Renaud.

—Ah, es cierto. ¿No hay una apuesta? —preguntó V…

—Sí, en la que nos jugamos una cena de doce personas a que no nos trae a cierta dama que se ha comprometido a traer.

—¿Y quién es esa dama? —preguntó el ramo de miosotis—, tan indómita que se cruzan apuestas sobre ella.

Miré a de Franchi; estaba aparentemente sereno, pero pálido como un muerto.

Bueno —contestó D…—, no creo que cometa una gran indiscreción desvelando el nombre de la máscara, sobre todo porque de fijo que no la conocerá. Es la señora…

Louis posó la mano en el brazo de D…

—Caballero —dijo—, en pro de nuestra reciente amistad, concédame un favor.

—Dígame usted cuál.

—No nombre a la persona que ha de venir con el señor de Château-Renaud: ya sabe que es una mujer casada.

—Sí, pero cuyo marido está en Esmirna, en las Indias, en México, vaya usted a saber dónde. Cuando una mujer tiene un marido tan lejos, ya sabe, es como si no lo tuviera.

—Su marido regresa dentro de unos días; es un hombre de bien, y me gustaría, si es posible, evitarle el disgusto de enterarse, a su regreso, de que su esposa ha cometido semejante despropósito.

—Si es así, discúlpeme, caballero —dijo D…—. Ignoraba que conociera usted a esa dama; incluso dudaba que estuviera casada; pero, ya que la conoce, ya que conoce a su marido…

—Los conozco.

—Nos comportaremos con la mayor discreción. Señores y señoras, venga o no Château-Renaud, venga solo o acompañado, pierda o gane la apuesta, les pido que mantengan en secreto todo este lance.

Todos, como una sola voz, prometieron guardar el secreto, probablemente no por un sentimiento muy profundo de las conveniencias sociales, sino porque estaban muy hambrientos, y, por consiguiente, tenían ganas de sentarse a la mesa.

—Gracias —dijo de Franchi a D… tendiéndole la mano—; le aseguro que acaba usted de comportarse como un hombre de bien.

Pasamos al comedor, y cada cual ocupó su sitio. Quedaron dos sillas vacías: las de Château-Renaud y la persona a quien tenía que traer.

El criado se acercó a quitar los cubiertos.

—No —dijo el dueño de la casa—, déjelos; Château-Renaud tiene tiempo hasta las cuatro. A las cuatro, quitará usted los cubiertos; cuando suenen las cuatro, habrá perdido la apuesta.

Yo no despegaba los ojos de Franchi; lo vi volver la mirada hacia la péndola; marcaba las tres y cuarenta minutos.

—¿Va bien su reloj? —preguntó Louis fríamente.

—Eso no es asunto mío —dijo riendo D…—; es asunto de Château-Renaud; he hecho poner en hora mi péndola con su reloj, para que no se queje de que lo he engañado.

—Por Dios, señores —dijo el ramo de miosotis—, ya que no podemos hablar de Château-Renaud y de su desconocida amiga, no hablemos de ellos; porque acabaremos cayendo en símbolos, alegorías y enigmas, lo cual resulta mortalmente aburrido.

—Tiene usted razón, Est… —contestó V…—; con la de mujeres de las que se puede hablar y que se mueren de ganas de que se hable de ellas.

—A la salud de esas —dijo D…

Y todos comenzaron a llenar las copas de champán helado. Cada comensal tenía al lado su botella.

Observé que Louis apenas rozaba la copa con los labios.

—Beba usted —le dije—; ya ve que no vendrá.

—Todavía son las cuatro menos cuarto —dijo—. A las cuatro, por rezagado que me haya quedado, le prometo que alcanzaré al que me lleve más adelanto.

—Magnífico.

Mientras intercambiábamos estas palabras en voz baja, la conversación se hizo general y estruendosa; de vez en cuando, D… y Louis lanzaban una mirada a la péndola, que continuaba su marcha impasible, pese a la impaciencia de las dos personas que consultaban su aguja.

A las cuatro menos cinco, miré a Louis.

—¡A su salud! —dije.

Tomó la copa sonriendo y se la llevó a los labios.

Se había bebido más o menos la mitad, cuando sonó una campanilla.

Pensaba que no podía ponerse más pálido, pero me equivocaba.

—Es él —dijo.

—Sí, pero puede que no sea ella —contesté.

—Ahora lo veremos.

El campanillazo había despertado la atención de todos los presentes, y un profundo silencio sucedió de inmediato a la ruidosa conversación que corría en torno a la mesa y que, de cuando en cuando, saltaba por encima.

Se oyó una especie de discusión en la antesala.

D… se levantó al punto y fue a abrir la puerta.

—He reconocido su voz —me dijo Louis asiéndome la muñeca y apretándola con fuerza.

—Vamos, vamos, sea usted un hombre —contesté—; salta a la vista que una mujer que viene a cenar así por las buenas a casa de un hombre a quien no conoce y con personas a quienes tampoco conoce es una buscona, y una buscona no es digna del amor de un hombre de bien.

—Se lo suplico, señora —decía D… en la antesala—, pase, por favor; le aseguro que estamos entre amigos.

—Vamos, pasa, querida Émilie —decía Château-Renaud—, no te quites la máscara si no quieres.

—¡Miserable! —murmuró Louis de Franchi.

En ese momento entró una mujer, arrastrada más que conducida por D…, que creía cumplir con su condición de señor de la casa, y por Château-Renaud.

—Las cuatro menos tres minutos —dijo en voz baja Château-Renaud a D…

—Muy bien, amigo mío, ha ganado usted.

—Todavía no, caballero —dijo la mujer dirigiéndose a Château-Renaud e irguiéndose cuán alta era—. Claro, ahora entiendo su insistencia… había apostado que me traería a cenar aquí, ¿no es eso?

Château-Renaud enmudeció. La mujer se dirigió a D…

—Ya que este hombre no contesta, conteste usted, caballero: ¿no es cierto que el señor de Château-Renaud había apostado que me traería a cenar a su casa?

—No puedo ocultarle, señora, que el señor de Château-Renaud me había hecho acariciar esa esperanza.

—Pues bien, el señor de Château-Renaud ha perdido, porque yo ignoraba adónde me llevaba y porque pensaba que iba a cenar a casa de una amiga mía; comoquiera que he venido engañada, el señor de Château-Renaud debe, a mi entender, perder el beneficio de la apuesta.

—Pero ahora que está usted aquí, querida Émilie —replicó Château-Renaud—, se quedará usted, ¿no es así? Como ve, disfrutará de buena compañía en lo que respecta a hombres y de gozosa compañía en lo que respecta a mujeres.

—Ahora que estoy aquí —dijo la desconocida—, agradeceré a este caballero, que según creo es el señor de la casa, el buen recibimiento que tiene a bien hacerme; pero, como desgraciadamente no puedo responder a su amable invitación, rogaré al señor Louis de Franchi que me dé el brazo y me acompañe a mi casa.

En un segundo, Louis de Franchi se interpuso entre Château-Renaud y la desconocida.

—Le señalaré, señora —dijo Château-Renaud con los dientes apretados de rabia—, que quien la ha traído he sido yo, y que, por lo tanto, me corresponde a mí acompañarla.

—Caballeros —dijo la desconocida—, son ustedes cinco hombres, y me pongo bajo la salvaguardia de su honor; confío en que impedirán que el señor de Château-Renaud ejerza la menor violencia sobre mi persona.

Château-Renaud hizo un movimiento; todos nos pusimos en pie.

—Muy bien, señora —dijo—, es usted libre; ya sé con quién debo entendérmelas.

—Si se refiere usted a mí —dijo Louis de Franchi con una expresión de altivez imposible de expresar—, puede encontrarme mañana durante todo el día en la Rue de Helder, número 7.

—Muy bien, caballero; tal vez no tenga el honor de presentarme yo mismo en su casa; pero espero que tenga a bien recibir en mi lugar a dos amigos míos.

—Lo único que le faltaba, señor mío —dijo Louis de Franchi encogiéndose de hombros—, es concertar semejante cita delante de una mujer. Venga usted, señora —añadió tomando el brazo de la desconocida—, y crea que le agradezco en lo más hondo de mi corazón el honor que me hace.

Y ambos salieron en medio de un profundo silencio.

—¿Qué le vamos a hacer, señores? —dijo Château-Renaud cuando se cerró la puerta—: he perdido, eso es todo. Todos los aquí presentes nos veremos pasado mañana en Les Frères Provençaux.

Y se sentó en una de las dos sillas vacías, alargando el vaso a D..., que se lo llenó hasta los bordes.

Sin embargo, como cabe comprender, pese a la estruendosa hilaridad de Château-Renaud, el resto de la cena transcurrió en un ambiente bastante desangelado.

XIV

Al día siguiente, o, mejor dicho el mismo día, me hallaba a las diez de la mañana ante la puerta de Louis de Franchi.

Mientras subía la escalera, me crucé con dos jóvenes que bajaban: uno era a todas luces un hombre de mundo; el otro, condecorado con la Legión de Honor, parecía militar, aunque vestía de paisano.

Me di cuenta de que ambos hombres salían de casa de Louis de Franchi, y los seguí con los ojos hasta el pie de la escalera; a continuación seguí subiendo y llamé.

Salió a abrirme el criado; su señor estaba en su despacho.

Cuando entró para anunciarme, Louis, que estaba sentado escribiendo, volvió la cabeza.

—Ah, qué a punto llega —dijo arrugando la nota y arrojándola al fuego—, esta nota era para usted, e iba a enviársela. Está bien, Joseph, no estoy para nadie.

El criado salió.

—¿No se ha tropezado con dos caballeros en la escalera? —preguntó Louis acercando una butaca.

—Sí, uno iba condecorado.

—Exactamente.

—He pensado que salían de su casa.

—Y ha acertado.

—¿Venían de parte del señor de Château-Renaud?

—Son sus testigos.

—¡Diablo! Al parecer se ha tomado el asunto en serio.

—Convenga en que no podía hacer otra cosa.

—¿Y venían?…

—A pedirme que les enviara a dos amigos míos para concretar los pormenores con ellos; entonces he pensado en usted.

—Me honra que se haya acordado de mí, pero no puedo presentarme solo en su casa.

—He pedido a un amigo mío, el barón Giordano Martelli, que venga a comer conmigo. Llegará a las once. Comeremos juntos, y, a las doce, tendrán ustedes la bondad de acudir a casa de esos caballeros, que han prometido no moverse de allí hasta las tres. Estos son sus nombres y sus direcciones.

Louis me alargó dos tarjetas.

Uno era el barón René de Châteaugrand, el otro se llamaba Adrien de Boissy.

El primero vivía en la Rue de la Paix, número 12.

El otro, que, como yo sospechaba, era militar, era teniente en el regimiento de cazadores de África, y vivía en la Rue de Lille, número 29.

Yo volví una y otra vez las tarjetas en la mano.

—¿Qué es lo que le preocupa? —preguntó Louis.

—Me gustaría que me dijera francamente si todo este asunto le parece serio. Entienda que de ello dependerá nuestra actuación.

—¡Pero cómo! ¡Desde luego que muy serio! Además, como ya debió de oír, me puse a disposición del señor de Château-Renaud, y él me ha enviado sus testigos. De manera que no tengo más que dejar que las cosas sigan su curso.

—Sí, claro… pero en fin…

—Acabe —dijo Louis sonriendo.

—Pero en fin… Habría que saber por qué se bate usted. No puede uno ver a dos hombres degollarse sin saber al menos el motivo de la pelea. Como sabe usted, la posición del testigo es más grave que la del contendiente.

—Por eso mismo le explicaré en dos palabras la causa de este conflicto. Es el siguiente:

»Al poco de llegar a París, un amigo mío, capitán de fragata, me presentó a su mujer. Era guapa, era joven; nada más verla me produjo una impresión tan profunda que, temiendo enamorarme, aproveché raras veces el permiso que me había concedido mi amigo de presentarme cuando quisiera en la casa.

»Mi amigo se quejaba de mi indiferencia, hasta que le dije abiertamente la verdad; es decir que su mujer era demasiado deliciosa en todos los sentidos como para que me expusiese a verla con demasiada frecuencia. Él sonrió, me tendió la mano, y exigió que fuese a cenar con él el mismo día.

»—Querido Louis —me dijo a los postres—, dentro de tres semanas me marcho a México; quizá esté fuera tres meses, quizá seis, o quizá más tiempo. Los marinos sabemos a veces la hora de la marcha, pero nunca la del regreso. Te encomiendo a Émilie en mi ausencia. Émilie, te ruego que trates a Louis de Franchi como a un hermano.

»La joven contestó tendiéndome la mano.

»Yo estaba atónito; no supe qué responder y debí de parecerle muy bobo a mi futura hermana.

»Tres semanas después, en efecto, mi amigo se marchó.

»Durante esas tres semanas, exigió que yo fuese a cenar en familia con él al menos una vez por semana.

»Émilie se quedó con su madre: no necesito decirle que la confianza que había depositado su marido en mí me la había hecho sagrada, y que, sin dejar de quererla mucho más que como un hermano, nunca dejé de verla sino como una hermana.

»Transcurrieron seis meses.

»Émilie vivía con su madre, y, al marchar, su marido había exigido que continuara recibiendo. Mi pobre amigo no temía nada tanto como labrarse fama de hombre celoso. Lo cierto es que adoraba a Émilie y que confiaba totalmente en ella.

»Así pues, Émilie continuó recibiendo. Eso sí, las recepciones eran íntimas, y la presencia de su madre eliminaba de cualquier mente maliciosa cualquier pretexto de reprobación, por lo que nadie se atrevió a murmurar cualquier maledicencia que pudiera manchar su reputación.

»Hará unos tres meses, el señor de Château-Renaud solicitó que se la presentaran.

»Cree usted en los presentimientos, ¿no? Nada más verlo me estremecí; no me dirigió la palabra; se comportó como debe comportarse un hombre de mundo en un salón; y sin embargo, cuando se marchó, ya lo odiaba.

«¿Por qué? Yo mismo no hubiera sabido decirlo.

»En realidad me di cuenta de que él había experimentado la misma impresión que yo experimenté al ver por primera vez a Émilie.

»Además, me pareció que, por su parte, Émilie lo recibió con desacostumbrada coquetería. Probablemente me equivocaba, pero, como ya le he dicho, en el fondo de mi corazón, no había dejado de amar a Émilie, y estaba celoso.

»Por ello, durante la siguiente velada, no perdí de vista a Château-Renaud; tal vez advirtió mi insistencia en seguirlo con la vista, y me pareció que al conversar a media voz con Émilie, intentaba dejarme en ridículo.

»De haberme dejado llevar por la voz de mi corazón, esa misma noche hubiera buscado un enfrentamiento y me hubiese batido con él; pero me contuve repitiéndome a mí mismo que semejante conducta sería absurda.

»Y como comprenderá, desde entonces cada viernes supuso para mí un auténtico suplicio.

»Château-Renaud es un auténtico hombre de mundo, un elegante, una figura; bajo muchos puntos de vista yo reconocía su superioridad sobre mí; pero me parecía que Émilie lo tenía en un concepto más alto de lo que se merecía.

»Muy pronto me pareció advertir que yo no era el único que percibía esa preferencia de Émilie por Château-Renaud, y esa preferencia se acrecentó de tal manera, resultó tan visible que un día Giordano, que era como yo un asiduo de la casa, me lo mencionó.

»A raíz de ello, tomé una decisión; decidí hablar con Émilie, todavía convencido de que se comportaba así por pura irreflexión, y de que me bastaría abrirle los ojos sobre su propia conducta para que corrigiera todo cuanto, hasta entonces, había podido suscitar que la gente la tachara de ligereza.

»Pero, para gran asombro mío, Émilie se tomó a broma mis observaciones, sosteniendo que yo estaba loco, y que cuantos compartían mis ideas estaban tan locos como yo.

»Insistí.

»Émilie me contestó que no podía fiarse de mí en semejante asunto, y que un hombre enamorado era forzosamente un juez parcial.

»Me quedé estupefacto; su marido se lo había contado todo.

»Desde entonces, como comprenderá, mi papel, reducido al punto de vista del amante despechado y celoso, se tornaba ridículo y odioso; dejé de acudir a casa de Émilie.

»Pese a no asistir a las reuniones en casa de Émilie, continué teniendo noticias suyas; seguía sabiendo lo que hacía, y ello me hacía igualmente infeliz, pues la gente empezaba a advertir las asiduas visitas de Château-Renaud a Émilie y a comentarlo en voz alta.

»Decidí escribirle; lo hice con todo el comedimiento de que me sentía capaz, suplicándole, en nombre de su honor comprometido, en nombre de su marido ausente y cuya confianza en ella era total, que cuidara estrictamente de lo que hacía. No me contestó.

»¡Qué quiere usted! El amor es independiente de la voluntad; la pobre criatura estaba enamorada, y, como estaba enamorada, era ciega, o, mejor dicho, se empeñaba obstinadamente en serlo.

»Algún tiempo después, oí decir en voz alta que Émilie era la amante de Château-Renaud.

»Imposible expresar lo que sufrí.

»Fue entonces cuando mi dolor repercutió en mi pobre hermano.

»Transcurrió una docena de días y, entonces, llegó usted.

»El mismo día en que se presentó usted en mi casa, recibí una carta anónima. La carta era de una dama desconocida que me citaba en al baile de la Ópera.

»Dicha señora me decía que tenía que comunicarme cierta información sobre una dama amiga mía, de la que por el momento se limitaba a decirme el nombre de pila.

»Ese nombre era Émilie.

»Debía reconocerla porque llevaría un ramo de violetas.

»Le dije a usted entonces que no hubiera debido acudir a ese baile; pero, se lo repito, me empujaba la fatalidad.

»Fui; me reuní con mi dominó a la hora y en el lugar indicados. Me confirmó lo que ya me habían dicho, que Château-Renaud era el amante de Émilie, y, como yo lo ponía en duda, o, mejor dicho, fingía ponerlo en duda, me dio como prueba que Château-Renaud había apostado que llevaría a su nueva amante a cenar a casa de D…

»Quiso el azar que usted conociera a D…; que estuviera invitado a esa cena; que pudiera llevar a un amigo; que me ofreció llevarme, y que yo acepté.

»El resto ya lo sabe.

»Ahora, ¿qué puedo hacer sino esperar y aceptar las propuestas que me hagan?».

Nada había que decir al respecto, de modo que incliné la cabeza.

—Pero —contesté al cabo de un instante con un sentimiento de temor—, creo recordar, y espero equivocarme, que su hermano me dijo que usted no había tocado en su vida una pistola ni una espada.

—Es cierto.

—Pero entonces se halla a la merced de su adversario.

—¡Qué le vamos a hacer, será lo que Dios quiera!

XV

En ese preciso momento el criado anunció al barón Giordano Martelli.

Era, al igual que Louis de Franchi, un joven corso de la provincia de Sartène; servía en el 11 regimiento, donde tras protagonizar dos o tres memorables hechos de armas, había sido ascendido a capitán a los veintitrés años. Ni que decir tiene que vestía de paisano.

—Bueno —dijo a Louis tras saludarme—, al final ha sucedido lo que tenía que suceder, y, según lo que me has escrito, recibirás, con toda probabilidad, la visita de los testigos del señor Château-Renaud a lo largo del día.

—Ya la he recibido —dijo Louis.

—¿Han dejado sus nombres y direcciones?

—Aquí están sus tarjetas.

—¡Bien! Me ha dicho tu criado que la comida estaba servida; comamos, y a continuación iremos a visitarlos.

Pasamos al comedor, y no volvió a tratarse del asunto que motivaba nuestra reunión.

Solo entonces me preguntó Louis sobre mi viaje a Córcega, y yo hallé ocasión de referir cuanto ya sabe el lector.

El joven se había ya serenado ante la idea de tener que batirse al día siguiente con Château-Renaud, y todos los sentimientos de patria y de familia retornaban a su corazón.

Me hizo repetir unas veinte veces lo que me habían dicho su hermano y su madre. Conociendo como conocía las costumbres genuinamente corsas de Lucien, le emocionó especialmente el empeño que había puesto en solventar el conflicto entre los Orlandi y los Colona.

Sonaron las doce del mediodía.

—Sin la menor intención de echarles —dijo Louis—, creo, caballeros, que ha llegado el momento de hacer una visita a esos señores; si nos entretenemos más, podrían creer que escurrimos el bulto.

—Respecto a eso, puede estar tranquilo —repliqué—; hace apenas dos horas que han salido de aquí, y usted ha necesitado tiempo para avisarnos.

—De todas formas —dijo el barón Giordano—, creo que Louis tiene razón.

—Pero antes necesitamos saber —dije a Louis— qué arma prefiere usted, si la espada o la pistola.

—Ah, como ya le dicho, es algo que me trae totalmente sin cuidado, dado que no soy experto en ninguna de las dos. Por otra parte, Château-Renaud me ahorrará el engorro de tener que elegir. Lo más probable es que se considere él el ofendido, y, como tal, podrá elegir el arma que le convenga.

—Pero la ofensa es discutible. Usted no hizo sino presentar el brazo que se le reclamaba.

—Escuche —me dijo Louis—: a mi entender, cualquier discusión cobrará visos de intentar un arreglo. Soy hombre de costumbres bastante tranquilas, como sabe; disto de ser un duelista, no en vano es este mi primer lance; pero precisamente debido a tales razones quiero jugar limpio.

—Le es muy fácil decir eso, amigo mío; usted se limita a jugarse la vida, pero a nosotros nos deja, de cara a su familia, con la responsabilidad de lo que suceda.

—Ah, respecto a eso, pueden estar tranquilos, porque conozco a mi madre y a mi hermano. Les preguntarán: «¿Se ha comportado Louis como un caballero?», y, cuando contesten: «Sí», dirán: «Con eso basta».

—Pero, bueno, qué diablos, aun así necesitamos saber qué arma prefiere usted.

—Bien, pues si proponen la pistola, acepten de inmediato.

—Eso pensaba yo también —dijo el barón.

—Adelante, pues, la pistola, ya que los dos opinan lo mismo —dije—. Pero conste que la pistola es un arma ingrata.

—¿Acaso tengo tiempo para aprender a manejar la espada de aquí a mañana?

—No. Sin embargo, con una buena lección de Grisier, tal vez aprendería a defenderse.

Louis sonrió.

—Créame —dijo—, lo que sea de mí mañana por la mañana está escrito en el cielo, y, hagamos lo que hagamos usted y yo, no podremos cambiar nada.

Acto seguido, le estrechamos la mano y bajamos.

Nuestra primera visita fue naturalmente para el testigo de nuestro adversario que vivía más cerca.

Así pues, nos dirigimos al domicilio del señor René de Châteaugrand, que vivía, como hemos dicho, en el número 12 de la Rue de la Paix.

La puerta estaba vedada para todo aquel que no se presentara de parte del señor Louis de Franchi.

Informamos de nuestra misión, presentamos nuestras tarjetas y se nos hizo pasar en el mismo instante.

El señor de Châteaugrand era un hombre de mundo en extremo elegante. No quiso que nos molestáramos en ir a casa del señor de Boissy, pues nos dijo que habían acordado que el primero en cuya casa nos presentásemos mandase a buscar al otro.

Así pues, mandó de inmediato a su lacayo a avisar al señor Adrien de Boissy de que lo esperábamos en su casa.

Durante la espera, no volvió a abordarse el asunto que nos traía allí. Hablamos de carreras, de caza y de ópera.

El señor de Boissy llegó a los diez minutos.

Ni siquiera quisieron manifestarse sobre la cuestión de la elección de armas: la espada y la pistola resultaban igualmente familiares al señor de Château-Renaud; dejaban la elección en manos del señor de Franchi o en el azar. Arrojamos un luis al aire, espada si salía cara, pistola si salía cruz. Salió cruz.

Así pues, se decidió que el duelo se celebraría a las nueve de la mañana del día siguiente, en el bosque de Vincennes; que los adversarios se colocarían a una distancia de veinte pasos; que se darían tres palmadas, y que a la tercera palmada, dispararían.

Regresamos a dar esa respuesta a de Franchi.

La misma noche, encontré al regresar a mi casa las tarjetas de los señores de Châteaugrand y de Boissy.

XVI

A las ocho de la noche me presenté en casa de Louis de Franchi para preguntarle si tenía alguna recomendación que hacerme; pero pidió que aguardara al día siguiente, contestándome con expresión extraña:

—La noche trae consejo.

Al día siguiente, pues, en vez de ir a recogerlo a las ocho, lo que nos dejaba margen suficiente para acudir a la cita a las nueve, me hallaba en casa de Louis a las siete y media.

Estaba ya en su despacho, escribiendo.

Al oír el ruido que hice al abrir la puerta, se volvió.

Estaba palidísimo.

—Disculpe —me dijo—, estoy escribiendo a mi madre; siéntese y coja un periódico, si es que han llegado los periódicos; mire, en La Presse, por ejemplo, hay un delicioso folletín de Joseph Méry.

Cogí el periódico que me indicaba y me senté, observando con extrañeza el contraste que ofrecía la palidez casi lívida del joven con su voz dulce, grave y serena.

Intenté leer, pero seguía con los ojos los caracteres, sin que estos trasladasen ningún sentido claro a mi cerebro.

—Ya he terminado —dijo Louis al cabo de cinco minutos.

Inmediatamente llamó a su criado.

—Joseph, no estoy para nadie, ni siquiera para Giordano; hágalo pasar al salón; quiero estar a solas diez minutos con el señor, sin que me interrumpa nadie.

El criado cerró la puerta.

—Verá, querido Alexandre, Giordano es corso, y tiene ideas corsas, de modo que no puedo fiarme de él para lo que deseo; le pediré que guarde el secreto, y nada más; usted, por su parte, tiene que prometerme ejecutar mis instrucciones punto por punto.

—¡Por supuesto! ¿Acaso no es un deber para un testigo?

—Un deber muy real, máxime porque así evitará a nuestra familia una segunda desgracia.

—¿Una segunda desgracia? —pregunté sorprendido.

—Mire —me dijo—, esto es lo que le he escrito a mi madre; lea esta carta.

Tomé la carta de las manos de Louis, y leí con creciente sorpresa:

«Mi buena madre:

»Si no supiera que es usted a la vez fuerte como una espartana y sumisa como una cristiana, utilizaría todos los medios posibles para prepararla para el horrible acontecimiento que va a abatirse sobre usted; cuando reciba esta carta, ya solo tendrá un hijo.

»Lucien, excelente hermano mío, ¡ama a mi madre por nosotros dos!

»Anteayer, sufrí una inflamación cerebral y presté escasa atención a mis primeros síntomas. ¡El médico llegó demasiado tarde! Mi buena madre, ya no hay un ápice de esperanza para mí, a no ser que ocurra un milagro, ¿y qué derecho tengo a esperar que Dios haga ese milagro por mí?

»Le escribo en un momento de lucidez; si me muero, esta carta será echada al correo un cuarto de hora después de mi muerte; porque, en el egoísmo de mi amor por usted, quiero que sepa que he muerto no echando de menos, del mundo entero, sino su cariño y el de mi hermano.

»Adiós, madre.

»No llore usted; la amaba mi alma, no mi cuerpo, y dondequiera que vaya, mi alma seguirá amándola.

»Adiós, Lucien.

»No abandones nunca a nuestra madre, y piensa que ya solo le quedas tú.

Su hijo,

tu hermano,

Louis de Franchi».

Tras estas últimas palabras, me volví hacia quien las había escrito.

—Bien —le dije—, ¿qué significa esto?

—¿No lo entiende?

—No.

—Mañana moriré a las nueve y diez minutos.

—¿Que morirá?

—Sí.

—¡Pero está usted loco! ¿Por qué se tortura con semejante idea?

—Ni estoy loco ni me torturo, querido amigo… Avisado sí que estoy.

—¿Avisado? ¿Por quién?

—¿No le ha contado mi hermano —preguntó Louis sonriendo— que los varones de mi familia disfrutan de un singular privilegio?

—Es cierto —contesté estremeciéndome a pesar mío—; me habló de apariciones.

—Exacto. Pues bien, mi padre se me ha aparecido esta noche; por eso me ha visto tan pálido; el ver a los muertos hace palidecer a los vivos.

Lo miré con sorpresa no exenta de terror.

—¿Ha visto esta noche a su padre, dice usted?

—Sí.

—¿Y le ha hablado?

—Me ha anunciado mi muerte.

—Ha sido un sueño terrible.

—Ha sido una terrible realidad.

—¿Dormía usted?

—Estaba despierto… ¿No cree que un padre puede aparecerse a su hijo?

Agaché la cabeza. En el fondo del corazón, yo mismo creía en esa posibilidad.

—¿Qué sucedió exactamente?

—Pues ocurrió de la manera más simple y natural. Yo leía, esperando a mi padre, pues sabía que si yo corría alguna suerte de peligro mi padre se me aparecería, cuando, a medianoche, mi lámpara palideció por sí sola, la puerta se abrió lentamente, y se presentó mi padre.

—Pero ¿cómo?

—Como iba en vida, vestido con el traje que llevaba habitualmente, solo que estaba muy pálido y en sus ojos no había mirada.

—¡Oh, Dios mío!

—Entonces, se acercó lentamente a mi cama. Yo me incorporé apoyado en un codo.

»—Bienvenido sea, padre —le dije.

»Se acercó a mí, me miró fijamente, y me pareció que su mirada apagada se animaba avivada por la fuerza del sentimiento paterno.

—Continúe… ¡Es terrible!

—Entonces, sus labios se movieron, y, cosa extraña, aunque sus palabras no producían sonido alguno, las oía sonar en mi interior, nítidas y vibrantes como un eco.

—¿Y qué le dijo?

—Me dijo:

»—¡Piensa en Dios, hijo mío!

»—¿De modo que moriré en ese duelo?

»Vi que brotaban dos lágrimas de aquellos ojos sin mirada y rodaban por el pálido rostro de espectro.

»—¿Y a qué hora?

»Volvió el dedo hacia la péndola. Seguí la dirección que me indicaba. La péndola marcada las nueve y diez.

»—Está bien, padre —contesté—, hágase la voluntad de Dios. Abandono a mi madre, es cierto, pero para reunirme con usted.

»Entonces se dibujó en sus labios una pálida sonrisa, y, haciéndome un gesto de despedida, se alejó.

»La puerta se abrió por sí sola ante él… Desapareció y se cerró la puerta».

El relato había sido descrito con tal sencillez y naturalidad, que saltaba a la vista, o bien que la escena que narraba de Franchi había sucedido en realidad, o bien que, engañado por la zozobra de su espíritu, había sido juguete de una ilusión que había tomado por la realidad, y que por tanto, era tan terrible como esta.

Me enjugué el sudor que me corría por la frente.

—Pero —prosiguió Louis— usted ya conoce a mi hermano, ¿no?

—Sí.

—¿Qué cree que hará cuando sepa que me han matado en un duelo?

—Abandonará en el mismo instante Sollacaro para batirse en duelo con quien le haya matado.

—Exactamente, y si muere él también, mi madre será viuda por tercera vez, viuda de su marido y viuda de sus dos hijos.

—Lo entiendo, ¡qué horror!

—Pues eso debe evitarse. Por eso he querido escribir esta carta. Si cree que he muerto de una fiebre cerebral, mi hermano no culpará a nadie, y mi madre hallará más pronto consuelo creyéndome alcanzado por la voluntad de Dios que si me sabe muerto a manos de los hombres. A no ser que…

—¿A no ser que…? —repetí.

—No… —añadió Louis—, espero que no suceda.

Vi que contestaba a un temor personal, y no insistí.

En ese momento, se entreabrió la puerta.

—Querido de Franchi —dijo el barón Giordano—, he respetado tus instrucciones en la medida de lo posible, pero son las ocho; la cita es a las nueve y estamos a una legua de distancia; hay que marcharse.

—Estoy listo, querido amigo —dijo Louis—. Pasa, por favor. Le he dicho a este señor lo que tenía que decirle.

Me miró poniéndose un dedo en la boca.

—Y a ti, amigo mío —agregó volviéndose hacia la mesa y cogiendo una carta sellada—, esto es lo que te encomiendo: si me sucede una desgracia, lee esta nota, y atente, te lo ruego, a lo que te pido.

—Descuida.

—¿Os habéis encargado de las armas?

—Sí —contesté—. Pero, en el momento de marchar, me he dado cuenta de que uno de los gatillos funcionaba mal. Al pasar, alquilaré un par de pistolas en la tienda de Devisme.

Louis me miró sonriendo y me tendió la mano. Había comprendido que yo no quería que lo mataran con mis pistolas.

—¿Tenéis coche —preguntó Louis—, o le digo a Joseph que vaya a buscar uno?

—Tengo abajo el cupé —dijo el barón—; si nos apretamos un poco, cabremos los tres. Además, como llevamos un poco de retraso, iremos más rápido con mis caballos que con los de un coche de punto.

—Vamos pues —dijo Louis.

Bajamos. Joseph nos esperaba en la puerta.

—¿Acompaño al señor? —preguntó.

—No, Joseph —contestó Louis, no, no hace falta, no le necesito.

A continuación añadió, apartándose un poco:

—Tenga, amigo mío —dijo poniéndole en la mano un pequeño cartucho de monedas de oro; y, si alguna vez, en mis momentos de malhumor, le he tratado mal, perdóneme.

—¡Oh, señor! —exclamó Joseph con lágrimas en los ojos—, ¿qué quiere decir con eso?

—¡Chss! —dijo Louis.

Y, precipitándose al carruaje, se colocó entre nosotros dos.

Era un buen criado —dijo, lanzando una última mirada a Joseph—, y si pueden serle útil, uno u otro, se lo agradeceré.

—¿Acaso lo echas? —preguntó el barón.

—No —dijo sonriendo Louis—, solo lo abandono.

Nos detuvimos en la puerta de Duvisme, lo justo para pedir una caja de pistolas, pólvora y balas, y a continuación partimos poniendo los caballos al trote.

XVII

Estábamos en Vincennes a las nueve menos cinco.

Llegó otro coche al mismo tiempo que el nuestro. Era el de Château-Renaud.

Nos internamos en el bosque por dos puntos diferentes. Nuestros cocheros debían juntarse en la gran alameda.

A los pocos instantes, nos hallábamos en el lugar de la cita.

—Señores —dijo Louis apeándose el primero—, como ya saben, no hay arreglo posible.

—Pero... —dije acercándome.

—Por favor, amigo mío, recuerde que después de la confidencia que le hice, debe usted menos que nadie proponerlo ni escucharlo.

Incliné la cabeza ante aquella voluntad absoluta, que, para mí, era una voluntad suprema.

Dejamos a Louis junto al coche y nos dirigimos hacia el señor de Boissy y el señor de Châteaugrand.

El barón Giordano llevaba la caja de pistolas.

Nos saludamos.

—Caballeros —dijo el barón Giordano—, en las circunstancias presentes, los cumplidos más breves son los mejores, pues, en cualquier momento, puede importunarnos alguien. Nos habíamos encargado de traer las armas, y aquí están; tengan la bondad de examinarlas, acabamos de adquirirlas en una armería, y tienen nuestra palabra de que el señor Louis de Franchi ni siquiera las ha visto.

—Esa palabra es inútil, caballero —contestó el vizconde de Châteaugrand —, sabemos con quién tratamos.

Y, tomando una pistola, mientras el señor de Boissy tomaba la otra, ambos testigos, comprobaron el disparo al tiempo que examinaban el calibre.

Son pistolas de duelo, que nunca han sido utilizadas —dijo el barón—; hay total libertad de realizar el doble tiro.

—Yo creo —dijo de Boissy—, que cada cual debe hacer lo que le convenga y según su costumbre.

—Bien —dijo el barón Giordano—. Lo mejor para todos es que se disponga de las mismas oportunidades.

—Entonces, informen de lo acordado al señor de Franchi, y nosotros informaremos al señor de Château-Renaud.

—De acuerdo. Y ahora, caballeros, como nosotros hemos traído las armas —dijo el barón Giordano—, les corresponde a ustedes cargarlas.

Ambos jóvenes tomaron cada uno una pistola, midieron rigurosamente la misma carga de pólvora, tomaron al azar dos balas, y las hundieron en el cañón con la baqueta.

Durante esa operación, en la que no quise participar, me acerqué a Louis, que me recibió con una sonrisa.

—No olvide nada de lo que le he pedido —me dijo—, y consiga que Giordano, a quien, de todas formas, ya se lo pido en la carta que le he entregado, no cuente nada, ni a mi madre, ni a mi hermano. Cuide también de que la prensa no hable de este asunto, o de que, si lo mencionan, no aparezcan nombres.

—Entonces, ¿sigue usted alimentando esa terrible convicción de que el duelo le será fatal? —le pregunté.

—Estoy más convencido que nunca; pero al menos me hará usted justicia, ¿no?, y reconocerá que he contemplado la muerte como un auténtico corso.

—Su serenidad, mi querido de Franchi, es tan grande que me hace abrigar la esperanza de que no esté convencido usted mismo.

Louis extrajo el reloj.

—Todavía me quedan siete minutos de vida —dijo—; tenga usted mi reloj; por favor, consérvelo como un recuerdo mío; es un excelente Bréguet.

Tomé el reloj estrechando la mano de Louis.

—Espero devolvérselo dentro de ocho minutos —le dije.

—Dejemos eso; ahí llegan esos señores.

—Caballeros —dijo el vizconde de Châteaugrand—, tiene que haber aquí, a la derecha, un calvero que yo mismo abrí el año pasado. ¿Quieren que lo busquemos? Estaremos mejor que en un sendero, donde pueden importunarnos.

—Guíenos usted —dijo el barón Giordano Martelli—, le seguimos.

El vizconde caminó delante, y nosotros lo seguimos formando dos grupos separados. Muy pronto, en efecto, nos hallamos, tras una pendiente casi imperceptible de unos treinta pasos, en medio de un calvero, que probablemente había sido en tiempos una charca similar a la de Auteuil, y que, totalmente seca, formaba una hondonada rodeada por una suerte de talud; el terreno parecía, pues, estar hecho expresamente para una escena del tipo de la que iba a producirse.

—Señor Martelli —dijo el vizconde—, ¿quiere usted medir los pasos conmigo?

El barón contestó con una señal de asentimiento; a continuación, situándose junto al señor de Châteaugrand, contaron veinte pasos normales.

Yo me quedé unos segundos más a solas con de Franchi.

—Por cierto —me dijo—, encontrará mi testamento sobre la mesa en la que yo escribía cuando entró usted.

—Bien —contesté—, no se preocupe.

—Caballeros, cuando quieran ustedes —dijo el vizconde de Châteaugrand.

—Aquí estoy —contestó Louis—: ¡Adiós, querido amigo! Gracias por todas las molestias que le he dado, sin contar —añadió con una melancólica sonrisa—, la que todavía le daré.

Le tomé la mano; estaba fría, pero no se percibía en ella el menor temblor.

—Ea —le dije—, olvide la aparición de esta noche y apunte lo mejor que pueda.

—¿Recuerda el Freischütz?

—Sí.

—Pues, ya sabe, cada bala tiene su destino… Adiós.

Se encontró en su camino con el barón Giordano, quien sostenía la pistola que le correspondía a él; la cogió, la montó, y, sin siquiera mirarla, se situó en su puesto señalado por un pañuelo.

Château-Renaud se hallaba ya en el suyo.

Hubo un instante de tétrico silencio, durante el cual los dos jóvenes saludaron a sus testigos, a continuación a los de su adversario, y por último se saludaron el uno al otro.

Château-Renaud parecía totalmente habituado a ese tipo de lances, y sonreía, seguro de su destreza. Tal vez sabía, por lo demás, que Louis de Franchi manejaba por primera vez una pistola.

Louis estaba sereno y frío; su hermoso rostro semejaba un busto de mármol.

—Bueno, caballeros —dijo Château-Renaud—, como ven, estamos esperando.

Louis me lanzó una última mirada y, con una sonrisa, alzó los ojos al cielo.

—Bien, señores —dijo Châteaugrand—, prepárense.

Inició las palmadas:

—Un… —dijo—, dos… tres…

Ambos disparos sonaron al unísono.

En el mismo instante, vi que Louis de Franchi daba dos vueltas sobre sí mismo y caía sobre una rodilla.

Château-Renaud permaneció en pie; la bala solo le había atravesado el faldón de la levita.

Me precipité hacia Louis de Franchi.

—¿Está usted herido? —le dije.

Intentó contestarme, pero en vano; en sus labios asomó una espuma sanguinolenta.

Al mismo tiempo dejó caer la pistola y se llevó la mano al lado derecho del pecho.

Apenas se vislumbraba en la levita un agujero del tamaño de un dedo meñique.

—Barón —exclamé—, corra al cuartel y traiga al cirujano del regimiento.

Pero de Franchi hizo acopio de fuerzas y, deteniendo a Giordano, le indicó con una señal que era inútil.

Al mismo tiempo, cayó sobre la segunda rodilla.

Château-Renaud se alejó de inmediato, pero sus dos testigos se acercaron al herido.

Entretanto, habíamos abierto la levita y desgarrado el chaleco y la camisa.

La bala había penetrado debajo de la sexta costilla derecha y salido ligeramente encima de la cadera izquierda. Cada vez que respiraba el moribundo, brotaba sangre por las dos heridas.

Saltaba a la vista que la herida era mortal.

Señor de Franchi —dijo el vizconde de Châteaugrand—, crea usted que nos consterna el desenlace de este desdichado asunto, y esperamos que no le guarde odio al señor de Château-Renaud.

—No… no…, murmuró el herido, no, le perdono…; pero que se marche… que se marche.

Después se volvió penosamente hacia mí:

—Recuerde su promesa —me dijo.

—Sí, le juro que cumpliré sus deseos.

—Y ahora —dijo sonriendo—, consulte usted el reloj.

Y se desplomó exhalando un largo suspiro.

Era el último.

Consulté el reloj: eran las nueve y diez en punto.

A continuación miré a Louis de Franchi: estaba muerto.

Trasladamos el cadáver a su casa, y, mientras el barón Giordano iba a hacer la declaración a la comisaría del barrio, Joseph y yo lo subimos a la habitación.

El pobre hombre lloraba a lágrima viva.

Al entrar, mi mirada se detuvo sin poderlo evitar en la péndola. Marcaba las nueve y diez.

Sin duda habían olvidado darle cuerda, y se había detenido a esa hora.

Al poco regresó el barón Giordano con los agentes del juzgado, que, alertados por él, venían a sellar la casa.

El barón quería escribir a todos los amigos y conocidos del difunto, pero le rogué que, previamente, leyera la carta que le había entregado Louis de Franchi antes de salir.

En esa carta Louis le pedía que ocultara a Lucien la causa de la muerte, instándole a que nadie estuviera al corriente del caso y a que el entierro se celebrara sin boato alguno y en medio de la mayor discreción.

El barón Giordano se encargó de todos estos detalles; yo realicé de inmediato una visita a los señores de Boissy y de Châteaugrand para rogarles que guardaran silencio sobre tan desdichado asunto y apremiarles a que invitaran a Château-Renaud, sin explicarle el motivo de que se solicitase su marcha, a abandonar París en el menor lapso de tiempo posible.

Me prometieron cumplir mi petición en la medida en que estuviera en sus manos, y, mientras ellos acudían a casa de Château-Renaud, yo fui a echar al correo la carta que anunciaba a la señora de Franchi que su hijo acababa de morir de una inflamación cerebral.

XVIII

Contrariamente a lo que es costumbre en ese tipo de lances, el duelo tuvo escasa resonancia.

Los mismos periódicos, esas estridentes y falsas trompetas de la publicidad, callaron.

Solo unos pocos amigos íntimos acompañaron el cuerpo del desdichado joven al Père Lachaise. Pero, por más que se le instó a Château-Renaud a que abandonara París, se negó a hacerlo.

Por un momento se me pasó por la cabeza enviar, tras la carta de Louis a su familia, otra carta mía; pero, por más que la intención fuera excelente, esa mentira respecto a un hijo y a un hermano me repugnó: tenía el convencimiento de que el propio Louis había librado una intensa lucha consigo mismo, y de que, para decidirse a hacerlo, se habían impuesto las razones que me había dado.

Así pues, aun a riesgo de ser acusado de indiferencia y de ingratitud, guardé silencio; estaba seguro de que el barón Giordano había hecho lo mismo.

Cinco días después, a eso de las once de la noche, mientras trabajaba ante mi mesa, al amor de la lumbre, y con una disposición de ánimo bastante desapacible, entró mi criado, cerró la puerta precipitadamente, y con voz bastante alterada, me anunció que el señor de Franchi solicitaba hablar conmigo.

Me volví y lo miré fijamente: estaba palidísimo.

—¿Qué me está contando, Victor? —inquirí.

—Verá, señor, a decir verdad, yo mismo no lo sé.

—¿A qué señor de Franchi se refiere? ¡Explíquese!

—Pues al amigo del señor… el que ha estado una o dos veces en esta casa.

—¡Está usted loco! ¿Acaso no sabe que tuvimos la desgracia de enterrarlo hace cinco días?

—Sí, señor; y por eso me ve el señor tan espantado. Ha llamado; yo estaba en la antesala y he ido a abrir la puerta. Inmediatamente me he echado atrás al verlo. Entonces él ha entrado y ha preguntado si el señor estaba en casa; yo estaba tan espantado que he contestado que sí. Entonces ha dicho: «Anúnciele que el señor de Franchi quiere hablar con él»; y he venido a decírselo.

—¡Está usted loco, le digo! Probablemente la antesala está mal iluminada, y ha visto mal; está usted dormido y ha oído mal. Vuelva, y pregúntele de nuevo su nombre.

—Pero si no va a servir de nada; le juro al señor que no me equivoco; le aseguro que he visto y he oído bien.

—Pues entonces hágalo pasar.

Victor regresó temblando hacia la puerta y la abrió; acto seguido dijo sin salir de la habitación:

—Tenga la bondad el señor de pasar.

De inmediato oí, pese a la alfombra que los amortiguaba, unos pasos que atravesaban el salón y que se acercaban a mi cuarto; casi enseguida, vi aparecer en efecto al señor de Franchi ante mi puerta.

Confieso que mi primera impresión fue de terror; me levanté y di un paso atrás.

—Disculpe que le moleste a tales horas —dijo el señor de Franchi—, pero es que he llegado hace diez minutos, y comprenda que no he querido esperar a mañana para venir a hablar con usted.

—¡Oh!, querido Lucien —exclamé corriendo hacia él y estrechándolo en mis brazos—. ¡Es usted, o sea que es usted!

Y, a pesar mío, se me escaparon unas lágrimas.

—Sí, soy yo.

Calculé el tiempo transcurrido: a duras penas debía de haber llegado la carta, no diré a Sollacaro, sino a Ajaccio.

—¡Oh, Dios mío! —exclamé—; ¡entonces no sabe nada!

—Lo sé todo —dijo.

—¿Cómo que todo?

—Sí.

—Victor —dije volviéndome hacia mi criado, todavía bastante desconcertado—, déjenos solos, o, mejor dicho, vuelva dentro de un cuarto de hora, con una bandeja servida. Lucien, cenará usted conmigo, y dormirá aquí, ¿verdad?

—Acepto gustoso —dijo—; no he comido desde Auxerre. Y aquí, como no me conocía nadie, o mejor dicho —añadió, con una sonrisa profundamente triste—, como todo el mundo parecía reconocerme donde vivía mi pobre hermano, no han querido abrirme, de modo que me he ido dejando toda la casa revolucionada.

—En efecto, querido Lucien, su parecido con Louis es tan grande que yo mismo, ahora, me he quedado helado.

—¡Cómo! —exclamó Victor, que todavía no había podido decidirse a marchar—, ¿o sea que el señor es hermano…?

—Sí, pero vaya y tráiganos la cena.

Victor salió; nos quedamos a solas.

Tomé a Lucien de la mano, lo conduje a una butaca y me senté a su lado.

—Pero —le dije cada vez más sorprendido de verlo—, ¿estaba usted en camino cuando se enteró de la fatal noticia?

—No, estaba en Sollacaro.

—¡Imposible! La carta de su hermano puede que no haya llegado ni hoy.

—Ha olvidado usted la balada de Bürger, querido Alexandre: «¡Los muertos corren!».

Me estremecí.

—¿Qué quiere usted decir? Explíquese; no le entiendo.

—¿Olvida lo que le conté acerca de las apariciones familiares en nuestra familia?

—¿Ha vuelto a ver a su hermano? —exclamé.

—Sí.

—¿Cuándo?

—Durante la noche del 16 al 17.

—¿Y se lo contó todo?

—Todo.

—¿Le dijo que había muerto?

—Me dijo que lo habían matado: los muertos ya no mienten.

—¿Le dijo cómo?

—En duelo.

—¿Quién?

—El señor de Château-Renaud.

—No, eso no puede ser, dígame que no; se ha enterado por otro conducto.

—¿Cree que estoy con ánimos como para bromear?

—¡Disculpe! Pero es que lo que me cuenta es tan extraño, y todo lo que les sucede a su hermano y a usted es tan ajeno a las leyes de la naturaleza…

—Que se niega usted a creerlo, ¿no es así? ¡Lo entiendo! Pero, mire —me dijo abriéndose la camisa y mostrándome una mancha azul impresa en su piel, encima de la sexta costilla derecha—, ¿cree usted en esto?

—Es verdad —exclamé—, exactamente ahí penetró la bala en el pecho de su hermano.

—Y salió por aquí, ¿no?… —añadió Lucien apoyando el dedo encima de la cadera izquierda.

—¡Es milagroso! —exclamé.

—Y ahora —prosiguió—, ¿quiere que le diga a qué hora murió?

—¡Diga!

—A las nueve y diez.

—Escuche, Lucien, cuéntemelo todo del principio al final: me pierdo preguntándole y escuchando sus respuestas fantásticas; prefiero que me haga un relato.

<h1 style="text-align:center">XIX</h1>

Lucien se acodó en la butaca, me miró fijamente y prosiguió.

—Pero, Dios mío, si es muy sencillo. El día en que mi hermano murió, yo había salido a caballo al punto de la mañana, e iba a visitar a nuestros pastores por la zona de Carbini. De pronto, tras consultar la hora y meter el reloj en el bolsillo del chaleco, recibí un golpe tan violento en el costado que me desvanecí. Cuando volví a abrir los ojos, estaba tumbado en el suelo entre los brazos de Orlandi, que me rociaba la cara con agua.

»Mi caballo se hallaba a cuatro pasos, con el hocico estirado hacia mí, resoplando y resollando.

»—Pero ¿qué le ha sucedido? —preguntó Orlandi.

»—Pues lo cierto es que no lo sé —contesté—; ¿no ha oído usted un disparo?

»—No.

»—Es que me parece que he recibido un disparo aquí.

»Le señalé el lugar donde sentía dolor.

»—Primero que no ha sonado ningún tiro de escopeta ni de pistola; y segundo que no se ve ningún agujero en su levita.

»—Pues entonces han matado a mi hermano —contesté.

»—Ah, eso es otra cosa —dijo Orlandi.

»Me desabroché la levita, y encontré la señal que le acabo de mostrar; solo que, a primera vista parecía reciente y como si sangrase.

»Por un instante, me sentía tan destrozado por el doble dolor físico y moral que experimentaba que tuve la tentación de regresar a Sollacaro; pero pensé en mi madre: no me esperaba hasta la hora de cenar, tenía que alegar algún motivo para ese regreso, y no se me ocurría motivo alguno.

»Por otra parte, no quería, sin poseer mayor certeza, anunciarle la muerte de mi hermano.

»De modo que proseguí mi camino, y no regresé hasta las seis de la tarde.

»Mi pobre madre me recibió como de costumbre; resultaba evidente que no se percataba de nada.

»Nada más cenar, subí a mi habitación.

»Al pasar por el pasillo que usted ya conoce, un soplo de aire apagó mi vela.

»Me disponía a bajar para encenderla, cuando, por las ranuras de la puerta, vi luz en la habitación de mi hermano.

»Pensé que Griffo había estado arreglando la habitación y se le había olvidado llevarse la lámpara.

»Abrí la puerta: junto a la cama de mi hermano brillaba un cirio, y en esa cama estaba tumbado mi hermano desnudo y ensangrentado.

»Por un instante me quedé, lo confieso, inmóvil de terror; luego me acerqué.

«Lo toqué… Estaba ya frío.

»Había recibido un balazo que le había atravesado el cuerpo, en el mismo lugar donde yo había sentido el golpe, y brotaban unas gotas de sangre de los labios violáceos de la herida.

»No me cabía la menor duda de que mi hermano había muerto a manos de alguien.

»Caí de rodillas, y, apoyando la cabeza contra la cama, recé una oración cerrando los ojos.

»Cuando los reabrí, me hallaba en la más profunda oscuridad; el cirio se había apagado y la visión había desaparecido.

»Palpé la cama, estaba vacía.

»Escuche, lo confieso, me considero tan valiente como cualquiera; pero, cuando salí de la habitación, a tientas, tenía el pelo de punta y la frente empapada en sudor.

»Bajé a coger otra vela, mi madre me vio y lanzó un grito.

»—¿Qué te sucede? —me dijo—. ¿Por qué estás tan pálido?

»—No me sucede nada —contesté.

«Y, cogiendo otro candelabro, subí.

»Esa vez la vela no se apagó, y volví a la habitación de mi hermano… Estaba vacía.

»El cirio había desaparecido, y no se advertía hueco alguno en el colchón.

»Encendí la primera vela, que estaba en el suelo.

»Pese a esa ausencia de nuevas pruebas, había visto lo suficiente como para saber a qué atenerme.

»Alguien había matado a mi hermano a las nueve y diez minutos de la mañana.

»Entré en mi habitación y me acosté, presa de gran agitación.

»Como puede usted imaginar, tardé mucho en conciliar el sueño. Al final el cansancio se impuso a la agitación y acabé durmiéndome.

»Entonces todo se reanudó en forma de sueño; vi la escena tal como había sucedido; vi al hombre que lo mató; oí pronunciar su nombre: se llama Château-Renaud».

—Por desgracia, todo lo que cuenta usted es demasiado cierto —contesté —, pero ¿qué ha venido a hacer a París?

—He venido a matar al que mató a mi hermano.

—¿Matarlo?

—Oh, pierda cuidado, no al modo corso, detrás de un seto o por encima de un muro; no, no, al modo francés, con guantes blancos, chorrera y puños de camisa.

—¿Sabe la señora de Franchi que ha venido aquí con esa intención?

—Sí.

—¿Y le ha dejado marchar?

—Me ha besado en la frente y me ha dicho: «¡Ve!». Mi madre es una corsa de verdad.

—¡Y ha venido!

—Aquí estoy.

—Pero su hermano, en vida, no quería ser vengado.

—Pues entonces —dijo Lucien sonriendo con amargura—, habrá cambiado de opinión desde que ha muerto.

En ese momento, entró el criado trayendo la cena; nos sentamos a la mesa.

Lucien comió como un hombre libre de toda preocupación.

Después de cenar, lo acompañé a su habitación. Me dio las gracias, me estrechó la mano, y me deseó buenas noches.

Era la calma que sigue, en las almas templadas, a una decisión adoptada de modo inquebrantable.

A la mañana siguiente, entró en mi habitación apenas el criado le dijo que yo había terminado de vestirme.

—¿Quiere usted acompañarme a Vincennes? —preguntó—. Es un piadoso peregrinaje que quiero realizar; si no tiene tiempo, iré solo.

—¡Cómo que solo! ¿Y quién le indicará en qué lugar exacto está?

—¡Ah!, ya lo reconoceré. ¿No le he dicho que lo había visto en sueños?

Sentí curiosidad por comprobar hasta dónde alcanzaría tan singular intuición.

—Muy bien, le acompañaré.

—Pues prepárese mientras yo escribo a Giordano. ¿Me permite disponer de su criado para que lleve una carta?

—Está a su disposición.

—Gracias.

Salió y regresó a los diez minutos con la carta, que entregó a mi criado.

Yo había mandado traer un cabriolé; subimos en él y salimos hacia Vincennes.

—Estamos cerca, ¿no? —preguntó Lucien al llegar al cruce de caminos.

—Sí, a veinte pasos de aquí llegaremos al lugar donde entramos en el bosque.

—Ya estamos —dijo el joven, deteniendo el cabriolé.

Era exactamente ese lugar.

Lucien penetró en el bosque sin la menor vacilación, como si hubiera estado ya allí veinte veces. Caminó derecho hacia la hondonada, y, cuando llegó al lugar donde había caído su hermano, se inclinó hacia el suelo, y al ver en la tierra un punto rojizo, dijo:

—Es aquí.

Entonces bajó lentamente la cabeza y besó la hierba con los labios.

A continuación se levantó con los ojos centelleantes y atravesó la hondonada para llegar al lugar desde donde había disparado Château-Renaud:

—Aquí estaba —dijo golpeando el suelo con el pie—, y aquí lo verá tumbado mañana.

—Cómo —dije—, ¿mañana?

—Sí, si no es un cobarde, mañana me concederá aquí mi desquite.

—Pero, querido Lucien, la costumbre en Francia, como sabe usted, es que un duelo no implique más consecuencias que las consecuencias naturales de ese duelo. Château-Renaud se batió con su hermano, a quien había provocado, pero con usted no tiene nada que solventar.

—Ah, ¿de veras lo cree usted? Château-Renaud tuvo derecho a provocar a mi hermano, porque mi hermano ofreció su apoyo a una mujer a quién él había engañado vilmente, y, según usted, tenía derecho a provocar a mi hermano. Château-Renaud mató a mi hermano, que no había tocado en la vida una pistola; lo mató con la misma seguridad con que le hubiera disparado a ese corzo que nos está mirando, y yo, yo, ¿no voy a poder provocar a Château-Renaud? ¡Venga, hombre!

Yo agaché la cabeza sin contestar.

—Además —prosiguió—, usted está fuera de todo esto. Tranquilícese, esta mañana le he escrito a Giordano, y cuando regresemos a París, todo estará arreglado. ¿Cree usted que Château-Renaud rechazará mi reto?

—Château-Renaud goza por desgracia de una reputación de valor que no me permite, lo confieso, albergar la menor duda al respecto.

—Pues entonces no hay problema alguno —dijo Lucien—. Vamos a comer.

Regresamos al sendero, y subimos en el cabriolé.

—Cochero —dije—, a la Rue de Rivoli.

—No —dijo Lucien—, le invito yo a comer… Cochero, al Café de Paris. ¿No cenaba habitualmente ahí mi hermano?

—Eso creo.

—Además, me he citado ahí con Giordano.

—Entonces, al Café de Paris.

Media hora después, estábamos en la puerta del restaurante.

XX

La entrada de Lucien en el comedor fue una nueva prueba de ese extraño parecido entre él y su hermano.

El rumor de la muerte de Louis se había propagado, tal vez no en todos sus pormenores, pero en definitiva se había propagado, y la aparición de Lucien pareció conmocionar a todo el mundo.

Pedí un reservado, previendo que el barón Giordano acudiría a reunirse con nosotros.

Nos dieron el que se hallaba al fondo.

Lucien se puso a leer los periódicos con una entereza que rozaba la insensibilidad.

Giordano llegó a mitad de la comida.

Los dos jóvenes no se habían visto desde hacía cuatro o cinco años; no obstante, la única muestra de amistad que se dieron fue un apretón de manos.

—Bien, todo está arreglado —dijo Giordano.

—¿Acepta Château-Renaud?

—Sí, pero a condición de que, después de usted, lo dejen tranquilo.

—Ah, por eso que no se preocupe: soy el último de los Franchi. ¿Le ha visto usted a él o a sus testigos?

—A él. Se ha encargado de avisar a los señores de Boissy y de Châteaugrand. Las armas, la hora y el lugar, serán los mismos.

—Perfecto… Siéntese aquí, y coma.

El barón se sentó, y conversaron sobre otras cosas.

Después de la comida, Lucien nos pidió que le presentáramos al comisario de policía que había ordenado sellar la vivienda, y al dueño de la casa donde vivía su hermano. Quería pasar en la habitación de Louis la última noche que lo separaba de la venganza.

Todas estas gestiones llevaron parte del día, y hasta las cinco de la tarde no pudo entrar Lucien en el piso de su hermano.

Lo dejamos solo. El dolor tiene su pudor, y debe respetarse.

Lucien nos citó a las ocho del día siguiente, pidiéndome que tratara de agenciarme las mismas pistolas, e incluso que las comprase si estaban en venta.

Acudí de inmediato a la tienda de Devisme, y sellamos el trato a cambio de seiscientos francos.

A las ocho menos cuarto del día siguiente, me presenté en casa de Lucien.

Cuando entré, estaba en el mismo sitio y escribía en la misma mesa donde encontré a su hermano escribiendo. En sus labios se dibujaba una sonrisa, aunque estaba muy pálido.

—Buenos días —me dijo—; estoy escribiéndole a mi madre.

—Espero que le anuncie una noticia menos dolorosa que la que hace ocho días le anunciaba su hermano.

—Le anuncio que puede rezar tranquilamente por su hijo y que está vengado.

—¿Cómo puede hablar con tal seguridad?

—¿No le anunció a usted mi hermano su muerte? Yo le anuncio de antemano la de Château-Renaud.

Se levantó y dijo, tocándome la sien:

—Mire, aquí le alojaré la bala.

—¿Y usted?

—¡A mí ni me tocará!

—Pero al menos aguarde a que se resuelva el duelo para escribir esa carta.

—Es totalmente inútil.

Llamó. Apareció el criado.

—Joseph —dijo—, lleve esta carta al correo.

—¿Pero entonces ha vuelto a ver a su hermano?

—Sí.

Resultaban extraños esos dos duelos consecutivos, en los que uno de los dos adversarios se hallaba condenado de antemano.

En esas, llegó el barón Giordano.

Eran las ocho. Salimos.

Lucien tenía tanta prisa por llegar y apremió tanto al cochero que nos presentamos en el lugar de la cita con más de diez minutos de adelanto.

Nuestros adversarios llegaron a las nueve en punto. Los tres iban a caballo, y los seguía un criado también a caballo.

Château-Renaud tenía la mano metida bajo la levita, y al principio pensé que llevaba el brazo en cabestrillo.

A veinte pasos de nosotros, se apearon y arrojaron la brida de sus caballos al criado.

Château-Renaud permaneció rezagado, pero clavó la mirada en Lucien; aunque se hallaba a bastante distancia de nosotros, lo vi palidecer. Se volvió, y, con la fusta que llevaba en la mano izquierda, se entretuvo cortando las florecillas que crecían en la hierba.

—Aquí estamos, caballeros —dijeron los señores de Châteaugrand y de Boissy—. Saben ustedes nuestras condiciones; son que este duelo sea el último, y que, cualquiera que sea el resultado, el señor de Château-Renaud no deba ya responder ante nadie del doble desenlace.

—Conformes —contestamos Giordano y yo.

Lucien se inclinó en señal de asentimiento.

—¿Tienen ustedes armas? —preguntó el vizconde de Châteaugrand.

—Las mismas.

—¿Las conoce el señor de Franchi?

—Mucho menos que el señor de Château-Renaud. El señor de Château-Renaud las utilizó en una ocasión. El señor de Franchi todavía no las ha visto.

—Muy bien, caballeros. Ven, Château-Renaud.

De inmediato nos adentramos en el bosque sin pronunciar una sola palabra. Todos nosotros, apenas repuestos del episodio cuyo escenario íbamos a ver, éramos conscientes de que algo no menos terrible iba a producirse.

Llegamos a la hondonada.

Château-Renaud, merced a su gran poder de contención, parecía sereno; pero quienes lo habíamos visto en los dos enfrentamientos, podíamos percibir la diferencia.

De cuando en cuando lanzaba una mirada con el rabillo del ojo a Lucien, y esa mirada traslucía una inquietud rayana en el terror.

Tal vez era el gran parecido entre ambos hermanos lo que le atormentaba, y creía ver en Lucien la sombra vengadora de Louis.

Mientras cargaban las pistolas, lo vi sacar por fin la mano de la levita; llevaba la mano envuelta en un pañuelo mojado que debía de servirle para calmar los movimientos febriles de esta.

Lucien esperaba, la mirada serena y fija, como quien no alberga dudas sobre su venganza.

Sin que le indicaran su lugar, Lucien se acercó hacia el que ocupaba su hermano, lo cual obligó a Château-Renaud a dirigirse hacia el que ya había ocupado.

Lucien recibió su arma con una sonrisa de alegría.

Château-Renaud, al recibir la suya, de pálido que estaba se tornó lívido.

A continuación se pasó la mano entre la corbata y el cuello como si la corbata le asfixiase.

Cabe hacerse una idea del sentimiento de involuntario terror con que yo miraba a aquel joven, guapo, rico, elegante, que, la mañana anterior, pensaba tener aún por delante largos años de vida, y que, en ese momento, bañado en sudor y con el corazón en un puño, se sentía condenado.

—¿Están ustedes listos, caballeros?

Château-Renaud hizo un gesto afirmativo.

Por mi parte, no me atreví a mirar esa escena de frente, y me volví.

Oí las dos palmadas que sonaron sucesivamente, y, al sonar la tercera, la detonación de las dos pistolas.

Château-Renaud estaba tumbado en el suelo, muerto en el acto, sin haber exhalado un suspiro, sin hacer un movimiento.

Me acerqué al cadáver, impulsado por esa invencible curiosidad que nos mueve a seguir hasta el final una catástrofe; la bala había penetrado por la sien, en el lugar exacto que había indicado Lucien.

Corrí hacia él; permanecía sereno e inmóvil; pero, al verme llegar, dejó caer la pistola y se arrojó en mis brazos.

—¡Oh, mi hermano, mi pobre hermano! —exclamó—. E irrumpió en sollozos.

Eran las primeras lágrimas que derramaba el joven.